pin up 01
JN101879
リンネブルグ
（リーン）
【Lynneburg (Lynne)】
ノール
【Noor】
'You have no talent at all.'
The man who was so declared,
however, becomes the strongest
with 'Parry'. And then...
parry
I WILL "PARRY" ALL
- The world's strongest man
wanna be an adventurer -
1

I Will"PARRY"All - The world's strongest man wanna be an adventurer -
クレイス王
【King Clays】
レイン
【Rein】
ギルバート
【Gilbert】
イネス
【Ines】
pin up 02

1

俺は全てを【パリイ】する

～逆勘違いの世界最強は冒険者になりたい～

著・鍋敷　イラスト・カワグチ

I WILL“PARRY”ALL

- The world's strongest man
wanna be an adventurer -

【目次】

I Will "PARRY" All
- The world's strongest man wanna be an adventurer -

Contents

Volume ONE

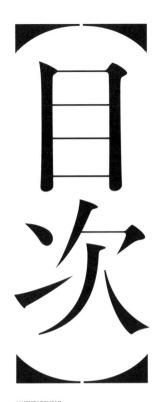

01　才能無しの少年

俺は母と二人、山小屋で畑を耕しながら育った。

体の弱かった父は俺が幼い頃に死に――それからしばらくは平穏な生活だったが、俺が十二歳になった時、母も病に倒れた。

俺は必死に看病をしたが、母はだんだんとやせ衰えていき、ある日、

「何もしてあげられなくてごめんなさい。せめて、あなたの望む生き方をして」

そう言って幾らかのお金の入った革袋を俺に手渡した。

それが母の最後の言葉だった。

次の日の朝には母は冷たくなっていた。


――そうして、俺一人が残された。

俺は父の墓の隣に母の墓を作り終えると、山を降り、街に行くことを決意した。

きっと、今のままでも生活はできるだろう。

ここは医者も呼べないような田舎だが、良い畑もあるし、家畜もいる。

森に入れば食べられる木の実も豊富にあるし、野ウサギのような獲物だっている。

食べるには困らない。

でも――――。

俺はその仕み慣れた、小さな我が家を離れることにした。

どうしても、やりたいことがあったのだ。

俺は『冒険者』になりたかった。

幼い頃、父からよく聞かされていた英雄譚《たん》の主人公のような冒険者に。

仲間と共に巨大な竜を倒し、財宝を得て、さらなる冒険に挑む。

老魔術師に魔法を教わり、森にかけられた呪いを解き、精霊の王から万病を癒す霊薬を手に入れる。

そんな心躍らせるような冒険の数々を父は何度も何度も話してくれた。

――――万病を癒す霊薬。

もし、そんなものが本当にあったなら、父も母も死なずに済んだかもしれない。そんな風に想像したりもした。

でも、実際にある保証はどこにもない。

全ては幼かった俺を楽しませるためだけの、父の作り話かもしれない。

確かめたかった。

父の話のどこまでが真実で、どこまでが御伽話《おとぎばなし》なのかを。

いや。本当は真実などどうでもよかったのかもしれない。

俺は単に物語の登場人物に憧れていたのだ。

父の話す物語の『主人公』。

どんな困難があっても仲間のために、弱者のために剣を振るい――最後には必ず勝って物語をハッピーエンドへ導く。

そんな風になりたかった。

俺はただ単に、そんな英雄像《ヒーロー》への憧れを抑えられなかったのだ。


そして俺は数日かけて山を降り、街の『冒険者ギルド』を目指した。

そこに行けば『冒険者』になれる、と聞いていたからだ。

ギルドの建物にたどり着くのは簡単だった。

衛兵のお兄さんに場所を聞いたら、すぐに案内してくれたからだ。

そう、そこに行くまでは簡単だった。

でも、冒険者ギルドに入ると強面のおじさんが出てきて、俺にこう言った。

「ここは子供の来るところじゃねえよ。家に帰りな」

家に帰ったところでもう家族がいるわけでもない。

俺がなんとか自分の事情を説明すると、

「なんだ、親なしか……仕方ねえな。それなら、お前【職業《クラス》】の『養成所』に行くか？　こんな子供が行くのは前例がねえんだが……お前がその気なら、どうにかしてやる」

おじさんは頭を掻きながら、そんな話を始めた。


この街――――王都の『冒険者ギルド』への登録志願者は、王立の養成所でいくつかの【職業《クラス》】の訓練を受けることができるという。

新人冒険者の死亡事故を防ぐために、今の王が法律で決めたのだそうだ。

しかも、誰でも無料で受けられるらしい。

それだけでなく、その期間中は衣食住が保証される。

費用は全額、税金から出してくれるのだそうだ。

俺にとっては願ってもいない話だ。

もちろん、俺はその話に飛びついた。


「本気で冒険者になりたければ養成所に行って、まずは何でもいいから【スキル】を身につけて来い」

その時の俺には何のことだかよくわからなかったが、ギルド職員のおじさんはそう言った。

――【スキル】。

この時、俺は初めてその存在を知った。

それが世間で言うところの強さや有能さの証らしい。

ギルドのおじさんの話だと、どんな人間でも必ず一つや二つは秀でた【スキル】の才能を宿しているらしい。

その【スキル】の才能を見極める為にあるのが養成所だという。

この国には基本となる六系統の職業《クラス》の養成所がある。

誰でも望めば好きな職業《クラス》の訓練を受けることができ、訓練を積めばどんな【スキル】の才能があるのか、そしてどんな職業《クラス》に適性があるのかがすぐに分かるらしい。

だから俺は冒険者ギルドのおじさんのアドバイスに従って、訓練を受けることにした。

ギルドの受付のおじさんに場所を教えてもらうとお礼を言って、俺は真っ先にある職業《クラス》の養成所に向かった。

――【剣士《ソードマン》】。

ずっと俺の憧れだった職業だ。

大好きだった冒険譚の英雄は、一振りの剣で山のように大きな竜を薙《な》ぎ払っていた。

自分もいつかそんな風になりたいと思っていた。

そんなの物語の中のことだとはわかってはいるが、もしかしたら、俺もそんな風になれるかもしれない。

いや、絶対になってやる。

そう思って訓練所の門を叩いた。

でも――――。


数ヶ月の間、訓練教官に指導されて分かったこと。

俺には剣の才能は無いらしかった。

それも絶望的なほどに。


剣士はとにかく攻撃する役割だ。

徹底した殲滅力《せんめつ》――――つまり、攻撃に適した【スキル】が何よりも求められる。

だが、俺は養成期間の限度いっぱいに訓練しても、攻撃に有効なスキルが全く芽生えなかったのだ。

それどころか、普通にやっていれば身につく程度のスキルが、なにも身につかない。

そのまま決められた訓練期間が終わりそうになり、あきらめきれなかった俺は教官に訓練期間の延長を申し出た。

でも、

「スキルもなく、ただ剣を振るだけでは剣士職としては全く仲間の役に立たない。君の時間を無駄にするだけだ」

と言われてしまい、俺は落胆しながらも、次の職業《クラス》の訓練をすることにした。


――――【剣士《ソードマン》】がダメなら。

次に向かったのが【戦士《ウォリアー》】の養成所だった。

【戦士《ウォリアー》】は身体を張って仲間《パーティ》の盾となり、あらゆる武器を使って前線で活躍する職業だ。

これも、剣士ほどではないが俺の思い描いていた冒険者像には近い。

俺に剣の才能はないらしい。

それなら別に、剣でなくてもいいだろう。

なんでもいいから、冒険者として生きられるだけの強さが欲しい。

そうして俺は戦士の訓練所に入り込み、屈強な大人たちに交じって、血を吐くような思いをして数ヶ月間の訓練をした。


でも、必死に訓練についていって、訓練期間の終わり頃にやっと芽生えたのは、身体能力を少し上げるだけという、誰でも使えるようになるごくごく基礎のスキルだった。

それでは一人前の【戦士《ウォリアー》】としては認められないという。

どうやら俺には戦士の才能もないらしかった。

訓練教官は親身になって俺の相手をしてくれたが「このまま無理に続けても、お前はすぐに命を落とすことになるだろう」と他の職業に就くことを勧められた。

俺はさらに落ち込みながらも、次へと希望を繋ぎ、違う職に就くための養成所に入った。


次に向かったのは【狩人《ハンター》】の養成所だ。

近接職が駄目なら、弓で戦うのも悪くないと思ったのだ。

それに狩りだったら、山での経験がある。

罠を仕掛けたり、石を投げて鳥を落としたりするぐらいは出来る。

それなら、俺にだって見込みはあるかもしれない、そう思って訓練を始めた。

――――でも、これも結局駄目だった。

俺がいくら必死に努力しても【投石】という本当に誰でも習得できる、子供でも使えるようなスキルしか芽生えなかった。

それどころか、肝心の弓すらまともに扱えないまま訓練期間が終わった。

教官曰く、

「繊細な道具を扱うセンスが絶望的にない」

ということだった。


狩人の養成所を出た後、俺はとても落ち込んだ。

思い描いていた冒険譚の主人公になることは、自分にはできないらしい。

武器を持って華々しく戦う職業には全く適性がない。

それなら……と俺は考えを変えることにした。

冒険についていけるのなら、なんでもいい。

主人公じゃなくても、補助で役に立てるのならいいと思うことにした。

冒険譚の英雄らしくなくてもいい。

なんだってやってやろう。

そして半分ヤケになりながら俺は【盗賊《シーフ》】職の養成所に入った。

もしかしたら、ここなら俺も活躍できるかもしれない、と淡い期待を持ちながら。

だが――結局、それも考えが甘かった。

結局、俺に芽生えたのは足音をすこし軽減する程度のスキルだけだった。

訓練を担当してくれた盗賊職の男はこういった。

「罠のかかった宝箱の開錠もできない、気配察知スキルももたない斥候《スカウト》などお話にもならない」、と。全く才能はないから違う職を探せ、とはっきりと言われた。

俺はここが最後の望みだと思っていたので粘ったか、結局追い出された。

俺は途方にくれた。

本当にそこが最後だったのだ。

俺に出来そうだと思ったものは。

残るは、『魔法職』だけ。

でも、最初にギルドのおじさんから話を聞いて、これは無理だと最初からあきらめていた。

魔法は生まれ持った魔法力《マナ》の性質と、膨大な知識、地道な鍛錬が全て噛み合って初めて形になるという。

魔法職に就くのは生易しいことではないのだ。

剣士や戦士などの職業よりもずっと難しいと言われている。

だから、自分でも無理だと思って選択肢から外していた。

――――でも、やるしかない。

俺にはもう他の道は残されていない。

俺はまだ見たこともない、童話で聞きかじった程度でしか知らない、魔法の世界に足を踏み入れてみることにした。

無謀なことは俺だって分かっている。

でも、もしかすると、いわゆる隠れた才能というのもあるかもしれない。

そう思って【魔術師《マジシャン》】の養成所の門を叩いた。


結果から言うと――――どうにもならなかった。

全然ダメだった。

養成所の門を叩いて顔を出した老魔術師に「まあ、やるだけやってみなさい」と中に入れてもらえはしたが、結局、身についたのは指先にロウソクぐらいの火を灯すスキルだけ。

これはどんなに才能の無い者でも三日ほど手ほどきを受ければだいたい身につく、といったごくごく初歩のスキルで、俺はその習得だけに全ての訓練期間を費やした。

一言でいえば、全く魔法の才能がなかった。

指導してくれた老魔術師は、

「ここまで魔法の才に恵まれない者もめずらしい」

と、興味深そうにしながら俺の面倒を見てくれたが、やはり最後には、

「ここは君の居場所ではない。何か別の道を探すといい」

と、優しく諭された。

俺はもう何も言えず、その日に養成所を出て魔術師となる道をあきらめることになった。


そうして――――そこまでの俺の訓練は全て失敗に終わった。

冒険者ギルドの斡旋で試すことのできる職業《クラス》はあと一つだけになってしまった。

さらに無謀な魔法職、【僧侶《クレリック》】の職業だ。

僧侶は魔術師以上に誰でもなれるわけではない。

治療術は生来の神の恩寵を得た者が、幼い時より長い修行を積んだ末に就くことになる職業だ。

ギルドのおじさんにも「【僧侶《クレリック》】系だけはなろうと思ってもなれるもんじゃない」と言われていた。

俺もそれには納得していた。

でも――――。

俺は剣士にも、戦士にも、狩人にも、魔術師にも――――盗賊にすら、なれなかった。

もう他に希望もない。

だから、最後の望みをかけて【僧侶《クレリック》】の職に就こうと養成所に向かった。

辿り着いたのは重厚な石造りの大きな神殿だった。

門を叩くと中から背の高い神官が出てきて、俺が自分の希望を説明すると、はっきりと「素養《したじ》がなければ無理だから、やめておきなさい」と言われた。

それは俺だって分かっていた。

でも、あきらめたくなかった。

門前払いを決め込む神官相手に「訓練を受けさせて貰えるまでは門の前から一歩も動かない」と伝え、実際にそうした。

それが一日経ち、二日経ち、三日目となったところで最後には根負けした神官が「手ほどきだけなら」と許してくれた。


そうして、俺は僧侶の修行をすることになった。

だが、訓練期間目一杯の血の滲むような鍛錬の末に身につけたのは【ローヒール】という、僧侶の最下級呪文【ヒール】のさらに劣化版のスキル。自分のかすり傷を気持ち癒す程度の、僧侶職としてはあってもなくてもいいようなスキルだ。散々努力して、それだけ。

つまり、ここでも俺に才能がないことが証明されたのだ。

訓練教官の神官は「幼少時の祝福なしでここまで出来るのはすごいことですよ」と言って慰めて

くれたが、同年代の訓練生たちはもっとすごいスキルをいくつも身につけていて、成長速度が段違いだった。

俺が役立たずだということは明白だった。

結局、全てダメだった。


そうして、俺は有用なスキルを身につけられず、全ての職業《クラス》で『適性なし』とされたことを、ギルド職員のおじさんに報告した。

「まともなスキルが一つも身につかなかった？　それじゃあ、冒険者なんかやってもさっさと野垂れ死ぬことになるぞ。やめて大人しく山に帰りな。それとも、俺が他の就職先探してやろうか？」

ギルドのおじさんには当然、冒険者としての道をあきらめるように言われた。

冒険者は危険な仕事だ。

それは俺だってわかっている。

おじさんの言うことはとても理にかなっていた。

でも、俺はあきらめきれなかった。

だから、黙って街を後にした。


俺には、才能がない。

本当になんの才能もない。

それがはっきりした。


――――でも、それなら。


俺はふと思いついた。

才能がないのなら、その分、もっともっと努力して訓練すればいいのではないか？

そんな考えが頭をよぎった。

俺はどうしてもあきらめきれなかったのだ。

なぜなら、『剣士』の訓練教官があるとき、「身につけたスキルをとても長い間鍛錬すれば、新たなスキルを身につけることが、極稀にだがある」と教えてくれたから。


――――そうだ、それしかない。


俺はその言葉に縋《すが》りついた。

教官の言葉は、俺にとって最後の希望だった。

きっと、俺にとっては見極めの期間が短か過ぎたのだ。

もっと鍛錬すれば、俺にだって。

必ずいいスキルが芽生え、冒険者にだってなれるはずだ。

よし、ならば特訓だ。

山に帰ったら、徹底的に自分を鍛える訓練をしよう。

そうして、やはり剣士になりたかった俺は、家に帰るとまず即席の木剣を作り、家の周りの木々から縄でぶら下げた木の棒を叩く訓練を始めた。

ひたすら、弾く。ただひたすら、宙で揺れる木の棒を木剣で叩いて弾く。それだけの鍛錬を。


「パリイ」


——俺が【剣士《ソードマン》】の養成所で唯一つ、身につけた剣技スキル——誰にも必要とされない、最低位のスキルを使って。

それから俺は寝食も忘れ、朝から晩までひたすら木の棒を弾いた。

◇

そうして、一年後。

「パリイ」

俺はついに、一息で木の枝を十本同時に弾くこともできるようになった。
自分でも成長が分かる。
――だが、まだ次のスキルが身につく気配はない。
いつになったら次のスキルが得られるのだろう。
でもきっと、いつかは。
こうして努力さえ続けていれば。
新たなスキルを身につけて、一人前の冒険者になれるかもしれない。
自分の冒険は、そこから始まるのだ。
そう思うと胸が高鳴る。
未来への希望を胸に、毎日が楽しみで仕方がなかった。

◇

それから、三年の月日が流れた。

俺は生活に必要な畑仕事と狩りの時間以外、ずっと朝から晩――疲れ果てて眠るまで、鍛錬を続けていた。

吊るす木の棒はだいぶ前に自作の木剣に変えた。

その方が練習になる気がしたからだ。

そうして、ひたすら弾く。

宙に舞う無数の木剣を弾き、鍛錬する。その繰り返し。

そして――――。

「パリイ」

今では一息で百の木剣を弾くことすらできるようになった。

もう、目を瞑《つむ》っていても余裕だ。

でも、次のスキルが身につく気配は、まだない。

「まだまだ、鍛錬が足りないんだな――――」

自分としては少しは強くなった気もするが、前に山を降りて、この世界ではスキルが全てだということを教えられた。

未だに、俺はあれからスキルを手にしていない。

今のままでは駆け出し冒険者の域にも達していないのだ。

こんな調子では冒険に出るなど夢のまた夢。

俺はそう思い、さらに厳しい鍛錬を己に課すことを決意した。

◇

――――それから、さらに十年の歳月が流れた。

俺は一日も欠かさず、厳しい鍛錬を続けていた。

日毎に宙を舞う木剣の数は増え、数年前に千を超えたあたりからは数えていない。

とにかく、弾く。

ひたすら宙にぶら下げた木剣を弾く、鍛錬。

それだけをひたすら、無心に繰り返してきた。


「パリイ」

今や俺は剣を振るわずして、千の木剣を弾くことすらできるようになった。

でも、次のスキルを得られる気配は、まだない。

「世の中の剣士は皆、一体どれほどの鍛錬をしているんだろうな」

もはや、想像すらできない。

今ではもう、『冒険者』という存在が雲の上の存在にすら思えるようになってしまった。

俺には、才能の欠片もない。

そんなことは分かっている。

だからこそ、それを補うつもりでここまでやってきたのだが――ついに己の限界というものを感じ始めた。

俺は二十七になった。

俺ももう、若くない。

あの時、ギルドのおじさんには冒険者になるにはスキルを身につけろ、とは言われたが、結局あれからスキルは一つも身につかなかった。

どれほど足掻いても、「普通の冒険者」として必要なスキルには手が届かない。

それでも、冒険者になって広い世界を見て回るという夢はあきらめられないらしい。


「無謀な夢、か」


自分でもそれはわかっているつもりだった。

もうそろそろ、違う生き方を探す頃合いなのかもしれない。

それでも俺はあきらめきれず、再び山を降りて、王都の『冒険者ギルド』の門を叩いたのだった。

02　冒険者ギルド

俺は十数年振りに王都の冒険者ギルドを訪れた。

内装は殆ど変わってはいなかったが、子供の頃あれだけ広く感じた内部はずっと小さく感じられ、全体的にどことなく記憶より古びていた。


「当ギルドへ何かご用でしょうか？」

俺が何気なく中を見回していると、受付の中にいる若い小柄な女性――というより、十代半ばの少女に声をかけられた。

受付カウンターの前に座っているのは彼女一人だけで、以前に俺の応対をしてくれたおじさんは居ないようだった。

「冒険者登録をしたいんだが」

そう申し出た俺に、受付の少女はすぐに一枚の用紙を取り出した。

「ではこちらにお名前とお持ちのスキルを記入してください。文字を書けないようであればおっしやってください。代筆も出来ますので」

一応、一通りの読み書きは父と母に教わっている。

渡された用紙を眺めてみたが、冒険者登録名と持っているスキルを記入するだけのもののようだった。

俺は素直に、自分の持っているスキルを記入した。

〈冒険者登録用紙〉

【名前】　ノール

〈所持スキル申告欄〉

【剣士】系統　――　パリイ

【戦士】系統　――　身体強化

【狩人】系統　――　投石

【盗賊】系統　――　しのびあし

【魔術師】系統　――　プチファイア

【僧侶】系統　――　ローヒール

各系統でもっとも初歩のスキルが一つずつ。

合計六つのスキル。

これが今の俺の全てだった。

「これでいいか？」

「はい、ありがとうございます。確認させていただきますので、少々お時間を…………えっ？」


受付の少女は俺が渡した用紙を確認しながら、カウンターの上に置かれた分厚い『スキル性能評価辞典』という本を片手に、何かに戸惑っているようだった。

そして、しばらくすると、少し言いづらそうな様子で俺に質問をした。

「あの、本当にこれでお間違いないでしょうか？　もし、書き洩らしなどあれば──」

「それで全部だ」

「……えっ？」

俺の簡素な返答に、少女の表情が困惑から焦りに変わり、慌てて手元の手帳のような小冊子のページをめくりはじめた。どうやら、対応マニュアルらしきものを眺めているようだった。

『し、失礼しました……！　で、では……王都の『養成所』の制度はご存じですか？　ここ王都では誰でも優れた教官から六系統の基本職の訓練を受けられ、新たなスキルを――」

「それはもう知っている。全部受けたからな。その上で、このスキル構成なんだ」

「えっ……!?」

受付の少女は小さく驚きの声を上げた。

が、すぐに「失礼しました、しょ、少々お待ちください」と、また、手元のマニュアルらしきもののページを何度もめくり、しばらく確認した後で、申し訳なさそうに俺を見上げてきた。

「あ、あの……それですと……非常に申し上げにくいんですが」

「やはり、冒険者登録はできないのか?」

「……はい。ギルドが定める冒険者登録基準の『最低要件』に達していないので……本当にすみません」

「いや、君が謝ることじゃない」

俺のスキル構成では、冒険者の登録はできない――それは分かっていた。

俺の言葉に少女は少しホッとしているようだったが、次の一言でまた顔色が変わった。

「だが、それでも冒険者登録したいんだ。どうにかならないか?」

「…………えっ…………?」

俺の質問に、少女のマニュアルを持つ手が震え、目はあたふたと俺の顔とマニュアルを往復している。

ほぼ半泣きの顔は真っ赤になっていた。

……そんなに、困らせてしまっているのだろうか。

「やはり、ダメなのか？」

「あ、うう……で、でも……!!　……しょ、少々お待ちください……!!」

俺がだんだん彼女に可哀相なことをしているような気分になってきたところで、受付の少女は席を立ち、声を上げながらギルドの奥へと走っていった。

「マ、マスタぁ～！」

「なんだ、アリア……どうした、そんな真っ赤な顔して……？」

「あの……！　あの方が――――」

何やら、俺のことをマスターと呼ばれた誰かに説明しているようだった。

そうして奥からのそりと出てきたのは大柄で強面の男だった。

穏やかそうな表情をしているが、頬や腕にいくつも大きな傷跡がある。

……俺はこの人物を知っている。

以前と比べて頭に白髪が混じってはいるが何とも懐かしい、見覚えのある顔だった。

「おいおい、うちの新人をあんまり苛《イジ》めてくれるなよ……って、誰だお前？　見ねえ顔だな？」

男の方は俺のことは覚えていないらしい。

不審者とでも思ったのか、鋭い目で睨みつけてくるが、俺は久々に見る顔に嬉しくなって思わず声を掛けた。

「おじさん。久々だな」

「あん？　なんだお前は？　おれはお前なんか知らねえ――――いや。ちょっと待て」

その男はあご髭に手をやりながら首をかしげていたが、俺の顔をじっくりと見つめると何かに気がついたようだった。

「お前、まさか。随分と背は高くなってるが……もしかして、あの時の子供《ガキ》……ノールか？」

「ああ、そうだよ」

何と、おじさんの方も俺を覚えていてくれたらしい。

それも、名前まで。

俺たちのやりとりを見ていた受付の少女は不安げに俺たちを交互に見つめ、戸惑っていた。

「あ、あの……マスター。お知り合いですか？」

「ああ。まあ、そんなようなもんだ。もういいぞ、アリア。コイツはおれが対応する。お前は他の仕事やっとけ」

「は、はい！」

少女が別の受付の席に座り、他の来客の対応を始めたのを眺めながら、ギルドのおじさんはさっきとはうって変わった様子で、嬉しそうに俺に話しかけてきた。

「悪かったな。こちとら客の顔を覚えるのも商売の内だってのによ……でも、あんまり変わっちま

ったんで分からなかったぜ。随分背が伸びたじゃねえか」

「ああ、無理もない。あれから十年以上たったんだからな。それなのに名前まで覚えててくれるとは……本当に嬉しいな」

「はっ、誰が忘れるかよ。忘れたくっても忘れられねえよ。

あの歳で大人でだって一つでもキツい養成所の訓練を満期間で六つ全部受けて、おまけにスキルが一つも身につかなかった、なんて奴は後にも先にもお前だけだからな。

突然消えたっきり音沙汰ねえもんだから、てっきり死んだもんだと思ってたぜ。

……一体、今までどうしてたんだ？

……ああ、いや。詮索するわけじゃねんだがよ」

おじさんは頭を掻きながら、俺が街を去ってからのことを聞いてきた。

別に隠すようなことでもないので、俺は山の中にある家に戻って一人で訓練していたことを伝えた。

「……なに？　まさか、十五年以上も自分一人でスキルを身につける為の訓練を続けてたのか？

そんな馬鹿なことする奴がいるなんて、聞いたこと……いや、お前さんならやりかねんな。

……それで、スキルは？」

「結局、スキルは何も身につかなかった」

少し聞きづらそうに聞いてきたおじさんだったが、俺はこれも正直に答えた。

結局、何も身につかなかったのだ。

教官たちに才能がないと言われたのは本当のことだった。

「まあ、そうだろうな。王立訓練所の訓練教官の奴らは飾りでいるわけじゃねえ。冒険者の聖地と言われるここ王都でも、一流どころが揃ってる。そうそう間違った判断はしねえよ。ヤツらがダメだっていうなら、まあ、そうなんだろうよ。お前さんには悪いがな」

「ああ、その通りだった。自分なりに必死にやったつもりだったんだが、駄目だったよ」

スキルは身につけた瞬間にとある特別な感覚がある。

他人からは分からないが、本人からすると明らかに「何かが変わった」と思える感覚だ。

俺は訓練所に行って初歩スキルを身につけた時にその感覚を知った。

でも、王都を後にしてからというもの、一度もその感覚が起こっていない。

ということは、俺は何もスキルは身につけてないのだ。

随分と努力したつもりだったのだが……。

「まあ、気を落とすな。何事もそう都合よくはいかねえもんだ。冒険者以外にも生きる道なんかいくらでもある――――いや、ちょっと待てよ。お前、それをわかってて、わざわざ『冒険者ギルド《ここ》』に来たってのは何の用なんだ？

まさか、この机の上の冒険者の登録用紙はお前さんの……？」

「ああ、やっぱり俺は『冒険者』になりたいんだ。無茶を言っているのはわかっている。でも、何か方法はないか?」

「おいおい、本気かよ……?」

おじさんは顔をしかめながら俺をしばらく見つめていたが、あきらめたように首を振ると、

「仕方ねえな……俺も仕事だから一から説明させてもらうけどよ」

白髪混じりの頭を掻きながら説明を始めた。

「まず、冒険者なんてのは、ハイリスク・ハイリターンを望む、危険が大好きで物好きな奴らか、よほど腕に自信のある奴らが好んでやる仕事だ。魔物の生息するエリアにわざわざ立ち入ったり、犯罪者のアジトの偵察を請け負ったり、時には討伐に向かったり……実入りのいい仕事には必ず危険が付きまとう生業《しごと》だ。言ってみりゃ『冒険者』ってのは常に死の危険と隣り合わせなんだ。……ここまではまあ、いいよな?」

「ああ、大丈夫だ」

もちろん、俺だって承知のことなので、返事をして頷いた。

「――まあ、要するにだ。『冒険者』ってのはわざわざ自分から危険に首を突っ込むのが仕事と言ってもいい。だから、しばらく前から人命保護の観点で世界の認定ギルド共通の『ランク』の基準が定められてる。無茶やらかして野垂れ死ぬ馬鹿を少しでも減らす目的でな」

そう言って、おじさんはギルドの机から『ランク認定表』を取り出し、俺に見せた。

〈冒険者ランク　認定基準〉
ランクS――【白金級《プラチナ》】　冒険者ギルド協会が破格の能力を有すると認定する者
ランクA――【金級《ゴールド》】　指定機関に於いて特別に有能と認められ、実績を有する者
ランクB――【銀級《シルバー》】　指定機関に於いて特別に有能と認められる技能を有する者
ランクC――【銅級《ブロンズ》】　冒険者ギルド協会が有能と認める技能を有する者
ランクD――【鉄級《アイアン》】　冒険者として優良な技能を有する者
ランクE――【初級《ビギナー》】　冒険者として最低限の技能を有する者

「冒険者のランクは基本的に『A』から『E』の五つだ。例外としてSランク【白金級《プラチナ》】という枠もあるが、こいつは本当の例外中の例外。特例でしか認められない名誉ランクだし、気にしなくていい。普通は『E』から始まって最高の『A』までで、仕事の実績に応じて能力が評価されてランクが上がっていくもんだが……まずは基準をクリアして「冒険者としての最低限の技能」を持ってる奴だと認められなきゃならねえ。それで初めて、ランク『E』の冒険者、つまり【初級《ビギナー》】になれる」

その説明は確か、子供の時にも聞いた気がする。

「で、最低ランクの『E』の認定条件は【有用スキル】が『一つ以上』だ。本来、これもかなり緩い基準のはずなんだが……お前さんにとっちゃあ、それが壁になっちまってる。でも、これは王都だけじゃなくて各国の冒険者ギルド間の協定で決まってるもんでな。俺がどうにかしてやりたくても、どうこう出来る話じゃねえんだ。……すまねえがな」

そう言いながら、おじさんは申し訳なさそうに頭を掻いた。

「そうか。それなら仕方がないだろうな」

俺もあきらめて大人になる時なのだろう。

頭ではそのことをわかっていたつもりだ……実際、前に言われたことを確かめに来たようなものだからだ。

とはいえ、やはりショックが大きい。

俺は今までずっと『冒険者』になることを目標に生きてきたようなものだった。

無理だとわかったからといって、急に気持ちが変わるわけでもない。

だが――――やはり無理なものは無理なのだろう。

「やはりあきらめるしか、ないんだな」

思わず、肩を落としてため息をついてしまう。

そんな俺の姿をしばらく無言で見ていたおじさんだったが、あご鬚を掻きながらこんなことを言った。

「――まあ、冒険者になりたいってだけなら、まったく方法がないわけじゃない」

その言葉に、俺は思わず顔を上げた。

「あるのか？」

「あるとは言わねえ。でも、ないわけじゃあ、ない」

「――頼む、聞かせてくれ」

おじさんは小さくため息をつくと、ゆっくりと話し始めた。

「さっき説明した通り、お前さんは最低ランクと言われてる『E』ランクの条件を満たしてねえ。だが、厳密には『E』よりも下の基準のランクが存在する」

「下？」

「関係者の間でも殆ど知られてねえんだが、欄外ランク『F』――別名、『無名《ノービス》』。一般的に最下位とされるビギナーよりもさらに下位のランクだ。ここ王都限定の特別ランクでな。それなら『有用スキル』無しでも一応の登録は可能だ。スキルの有無が規定にはないからな。だが――」

「そ、それなら――――！」

俺は思わず、興奮してギルドの受付カウンターに身を乗り出した。

大人気ないとは分かっているが、抑えられない。

わずかな希望が出てきたのだ。

「まあ、ちょっと落ち着いて聞け。ここから先の話が重要なんだ」

「わかった」

「そのランクが実質上「無いもの」と見做《みな》されてるのには理由がある。『無名《ノービス》』は確かに誰でも登録が可能だ。ろくにスキルのない、お前さんでもな。ただし、とある条件がある」

「条件？　なんだそれは」

「それはな。一切の『討伐系依頼』と街の外の『採集クエスト』は受託禁止。それが条件だ。素材の採集だって自分で自分の身を守る術のない奴には、危険な仕事だからな。代わりに『街中の雑務クエスト』だけが許可される。つまり、要は街中のドブさらいとか、建設現場の土運びとか、迷子の猫探しとか……『無名《ノービス》』はそういう依頼だけが受けられるっていう特別ランクだ」

「街中の雑務クエスト、か……」

「ああ、そうだ。本当にそれだけだ。だが、そんな雑用の依頼を受けるためにわざわざ冒険者になるような馬鹿はいねえだろ？　仕事を斡旋した冒険者ギルド《ウチ》に仲介マージン持ってかれちまうし、そんなことするんなら普通に仕事についた方がよっぽどいい。昔はこの制度を街の物乞いやってるような連中に無理矢理、仕事を与えるために使ってたらしいが……そこそこ経済が安定してきた今は、誰も使うことのねえ忘れ去られた制度だ。法律も大昔に作られたっきりで、少なくともここ百年はまともに使われた形跡がねえ。実際、これで登録するメリットはねえと思うぜ？　だから、悪いことは言わねえから普通の仕事に――――」

「それでいい。それで登録してくれ」

　俺がそう言い出すと、おじさんは話を止めて俺の顔を見た。

「……はあ？　ちょっと待て……お前、俺の話聞いてたか？」

「ああ。討伐依頼と採集依頼……要は街の外に出るような危険な依頼は受けられないんだろう？　それでいい。登録してくれ」

「……本当におれの話は聞いてたんだよな？　お前なあ、ちょっとは年寄りの助言にも聞く耳を——いや、お前さんは一度言い出したら他人の言うことを素直に聞くような奴でもなかったな」

　おじさんは再び、大きなため息をつきながら頭を掻いた。

「——仕方ねえ、俺が教えちまったもんだからな。一応、登録証は発行してやる。……だが、いいか？　やめたくなったらすぐに言えよ。こんなもん、絶対に普通に職を見つけた方が得なんだからな？　職場なんざ、おれがいつでも紹介してやる……いいな、分かったか？」

　そう言いながら、冒険者ギルドのおじさんは奥の部屋から埃をかぶった小さな箱を引っ張り出し、その中から取り出した真っ黒なカードにサインをして俺に差し出した。

「分かったら、これを受け取れ」

「これは？」

「これがFランクの登録証。一応『冒険者ライセンス』だ。さっき言った通り、制限付きだがな。あんまり他人に見せびらかすなよ？　大して自慢できるもんでもねえからな」

「ああ、ありがとう――――恩にきるよ、おじさん！」

そうして俺は念願の夢への第一歩となるFランク『無名《ノービス》』の冒険者ライセンスを手に入れたのだった。

03　念願の冒険者生活

「いつもわるいわねえ、ノールちゃん！　助かるわぁ〜！」

「こちらこそ、いつも依頼をくれて助かっているぞ、ステラおばさん」

俺はいつものように『ドブさらい』の依頼《クエスト》を片付け、依頼者のおばさんから達成のサインを貰って次の依頼先へと走る。


初めてステラおばさんの家を訪れたときのことはよく覚えている。

俺の記念すべき、初めての冒険者としての仕事だったからだ。

ステラおばさんが住んでいるのは、『旧居住区』と呼ばれる古くからある地区だ。

王都の市街地の一角なのだが、かなり外側に近い方で、国による清掃サービスが行き届いている中央の地区と違い、この辺りでは住民自らが清掃を行うことになっている。

だが、俺の依頼主のステラおばさんは脚も目も悪く、旦那も息子とも死別して一人暮らし。頼ることの出来る人間も周囲にいないので、日々、掃除をすることもままならない。

そうして、長い間清掃されることのなかった家の周囲の側溝は、いつしか饐《す》えた匂いを発するようになった。


掃除したくても、ステラおばさんにはそれがむずかしい。

困り果てたおばさんは、思い立って冒険者ギルドに依頼を出した。

誰か何とかして欲しい。助けてほしい、と。

でも、おばさんの依頼を受ける人間はなかなか現れなかったという。

普通の冒険者にとっては、おばさんの提示する報酬はあまり魅力的でなかったらしい。

ギルドは普通、魔物の討伐や緊急の採集依頼などを優先して斡旋するし、多くの『冒険者』はそういった実入りのいい依頼を好む。

街中の側溝の掃除などは誰か手の空いている人間が暇なときにやれば良い、という感じなのだろう。

だから、ずっと放ったらかしにされていたという。

そこで彼女が途方に暮れているところに、たまたま現れたのが俺だったらしい。

初めての仕事を終えると、とても感謝された。

それ以来、俺を指名して依頼をくれるお得意様だ。

掃除を終えると、いつもとても喜んでくれる。

だから、ついつい頼まれたこと以外もやってしまう。

実際、掃除に慣れてくると頼まれた範囲の側溝の掃除はすぐに終わってしまうため、毎回、少しずつ範囲を広げ、余計目にやっておくことにしている。

周囲の人たちにも感謝されるし、悪い気はしない。

この仕事は確かに報酬は多くはない。

だが俺はやりがいを感じている。

人の笑顔を見るのはいいものだし、何より街が自分の手で少しずつ綺麗になっていくのが気持ちいいのだ。


――――とはいえ、今日は熱心にやりすぎたらしい。

掃除に励みすぎて時間を忘れてしまい、次の現場への出発が遅くなってしまった。

「……間に合うか……？」

俺は急いで街の通りを駆け抜け、角を二つ曲がり、目的の工事現場にたどり着くと、いつものように現場監督が出迎えてくれた。

今日の二人目の依頼主だ。

「おう、時間通りだな、ノール。今日も頼むぜ」

朝のドブさらいの後、俺はだいたい毎日この工事現場で『土運び』の仕事をしている。

ここ王都は古くから巨大な迷宮があることで有名で『冒険者の聖地』とも呼ばれているらしい。

最近、迷宮前の道路を拡張する大規模工事が行われており、かなり大量の人員を必要としているのだが、人手不足らしく冒険者ギルドにも依頼が来るようだった。

でも、『ドブさらい』と同じく街中での工事現場の仕事も、普通の冒険者にとってはあまり魅力のある仕事ではないらしい。

好んで受けるのは俺ぐらいだということだったが、これも俺にとっては願っても無いぐらいに良い仕事だった。


ここではどんな人間でも、こなした仕事の量に応じて評価される。

完全歩合制で土を運べば運ぶだけ収入になるのだ。

俺は【戦士】の訓練時代に身につけた【身体強化】で普通の人間が運ぶ五倍の量を軽々と運べた。

それに、常に【僧侶】系低級未満のスキル、【ローヒール】でじわじわと回復しているため、そんなに疲労も感じない。

一人前の冒険者として登録するのに必要な有用スキルとは見なされなかった俺のスキルも、今の生活ではとても役に立っている。

【盗賊】の訓練で身につけた【しのびあし】は迷い猫の捜索と捕獲にはもってこいだし、【魔術師】の【プチファイア】も煮炊きするには便利だ。【狩人】の【投石】は、あまり使うことはないが、遠くのものに石を投げて当てるのを子供達に見せるとすごいと言われる。

唯一、あれだけ必死に特訓した【パリイ】は何の活用法も見出せてはいないのだが。

未だに鍛錬は続けている。

訓練はここ十五年間ずっと続けてきたので、簡単には習慣は抜けないし、まだ、もしかしたら……という淡い期待も残っているので、やめるつもりもない。

その可能性が限りなく低くても、だ。

俺が普通の冒険者になれる可能性はともかく、おかげで王都での生活費は十分に稼げている。

だから、今までの自主訓練は全くの無駄ではなかったと思いたいが――――まだまだ、俺は普通の『冒険者』の『初心者《ビギナー》』には程遠い。

こんなことで「英雄譚の主人公のようになりたい」などと――――自分がどれだけ思い上がっていたのかがよくわかる。

時折、もういっそこのままでもいいのではないか？

などという考えも浮かぶ。

なぜなら俺が抱いていた「冒険者になって人の役に立ちたい」という望み。その夢はもう、既に叶っているのだから。

頼まれた依頼をこなし、お礼を言われ、それに応じた報酬を受け取る。

そうして、日々生活をする――。

それだけで俺は結構満ち足りている。

それ以上を望むなど、ただの贅沢に過ぎないのかもしれない。

それに俺には守る家族もいないし、そんなに金も必要ない。

わざわざ危険な依頼を受け、一攫千金を狙って大金を稼ぐ必要もないのだ。


「別に、死ぬまでこのままでもいいのかもしれないな」

そんなことを思いながら、王都の色々な場所で働き続けてもう三ヶ月になる。

今、街の中にはちゃんと俺の住む場所がある。

ギルドのおじさんから格安の宿屋を紹介してもらい、気に入ったのでずっとそこで寝泊まりしているのだ。

格安のために食事は出ないが、今までずっと自分の食事は自分で作ってきたし、苦にならない。

宿に風呂はないが、この街にはたくさんの公衆浴場がある。

少し歩けば色々な種類の浴場があり、その日の気分で行くところを変えられる。

汗を流して身体を綺麗にした後に、時々、旨いものを出す露店で食事をするのも楽しみだ。

――――そんな感じで、俺は快適にこの王都での日々の生活を送っていた。

「本当によく働くなあ……ノール。冒険者なんかにしとくのは勿体ないぜ。

本当にうちに就職する気はねえか？

少なくとも普通の従業員の三倍……いや、五倍は出すぜ？　お前さんが望むなら、もっとだ。

それぐらいの働きはしてくれそうだしな」

この工事現場の監督は俺のことを気に入ってくれて、毎日のようにこんな風に声をかけてくる。

だが――――。

「そう言ってくれるのは有り難いが、俺は今のままで別に困ってないからな」

そう言って断るのが通例になっている。

「本当に勿体ねえなあ……」

毎回、そんな風にため息をつき、残念そうな顔をする現場監督には申し訳なく思う。


だがやはり、長年の夢は捨てられないらしい。

それも習慣のようなものだ。

俺はやはり『冒険者』になりたいのだ。

仕事仲間からからかわれようとも、英雄譚のような冒険の旅をしてみたいのだ。

それが殆ど、無謀な夢とも思えても。

そうして、その後も熱心に土運びを行っているとあっという間に陽が傾いた。

気がつけば、仕事の終わる時間になっていた。

「今日の仕事は終わりだ。お前さんのおかげでだいぶ工期に余裕ができたよ。じゃあ、また明日だな、ノール。頼むぜ」

「ああ、明日もよろしく頼む」

俺はいつも通り、依頼書に依頼主のサインをもらう。

ギルドに依頼完了の報告をして今日の報酬が入ったら、一風呂浴びて、また空き地でいつもの訓練をすることにしよう。

そう思って現場を後にしようとした時。

俺が働いていた工事現場の奥、『還らずの迷宮』の入り口の方で何かが一瞬、光ったように見えた。

「なんだ？」

見まちがいか？

いや、確かに見えた気がする。

赤紫色の強い光だ。そして同時に――

「――だれか――助けて、ください――」

どこかから、誰かの消え入るような悲鳴が聞こえたような気がした。

04　俺は牛をパリイする

一瞬目にした、奇妙な赤紫の色の光。
誰かの悲鳴のようなものを耳にした俺は、すぐにその方向へと走った。
角を曲がると、迷宮の入り口あたりに何か巨大な生物が立っているのが見えた。

「なんだ、あれは？」

——巨大な牛が、二本足で立っている。
それが最初の印象だった。
だが、俺はあんな牛は見たことがなかった。
一軒の家の屋根に頭が届きそうなほどの巨体。
それが体よりも大きな巨大な黒い金属斧を持ち、振り回していた。
そして、その牛を取り囲むようにしている数人の人影。
ある者は剣を持ち、ある者は槍を持ち、銀色の鎧を着込んでいる。

あの格好はみたことがある。

確か、この王都の衛兵だ。

衛兵たちは数人で陣形を組み、誰かを護るようにして牛の前に立ちはだかっている。

牛は彼らめがけて巨大な斧を振るった。


（あぶない――避《さ》けなければ、死ぬ）

俺がそう思うのと同時に、数人の衛兵の身体が弾けた。

見るからに巨大で重厚な斧の一振り。

あれに当たれば、人間など一溜まりもない。

無惨に血しぶきを上げ散りゆく彼らの間に、年端もいかない少女の姿が見えた。

彼女は牛を見上げ、ただ呆然と地面に座り込んでいる。


「――の襲撃だ――！　――を守れ――！」

どうやらあの衛兵たちは彼女を守ろうとしているらしかった。

だが、牛が斧を一振りするたび、衛兵たちは無残にも血しぶきをあげながら次々と散っていった。

衛兵たちがまた何か叫んでいるが、その間に牛の斧が振るわれ、一人、また一人と命を落としていく。

鎧ごと胴体を引きちぎられた衛兵の剣が弾かれ、俺の足元に飛ばされてきた。

それでも、彼らは懸命に座り込んだ彼女を守ろうとしている。

だが――

「あれでは、やられる」

俺はとっさにそう感じた。

よく分からないが、あの鎧を着た衛兵たちは見た感じ、かなり動きが鈍い。

訓練をほとんど受けていないままの新兵か何かなのだろうか。

彼らは懸命に牛と戦っているが、あのままでは全滅する――そう思っているうちに、最後の衛兵が散った。

残るは、あの座り込んだ少女のみ。

彼女もあのままあそこにいては危ない。

そして、牛は斧を頭上高く振り上げ、目の前の少女を叩き割ろうとしている。

「――あぶない」

その瞬間、俺は全力で【身体強化】を発動し、足元の衛兵の剣を拾って牛に向かって駆け出していた。

そして地面を低く駆けながら地面の小石を拾い上げ、思い切り指で弾き飛ばす。

「【投石】」

俺は咄嗟に狩人になり損ねた時に身につけたスキルを使う。

俺が放った小石はまっすぐに飛び、狙い通りに牛の眼玉に命中した。

突然の眼への攻撃に牛は多少狼狽《うろた》えたが、どうやらダメージは全くないらしく、ただ怒らせただけだった。

「グモオオオオォ!!」

地響きのような雄叫びが辺りに響き、巨大な牛の注意が少女から俺に向く。

だが――それでいい。

こちらにあの牛の敵意を向ければ、ひとまずあの女の子の命は助かるはずだ。

彼女はまだ座り込んだままだが、俺が注意を惹きつけている間に彼女が上手く逃げてくれることを祈るしかない。

あとは、俺がこの牛にどう対処するかだが。

「ブモオオオオオオォ!!」

牛は斧を再び振りかぶり、力一杯俺に叩きつけようと、地面を踏み砕きながら突進してくる。

見るからに筋力があるだけあって、とてつもなく速い。

あっという間に距離を詰められ、見上げるような高さから巨大な斧が俺に向かって振り下ろされる。

これに当たれば、あの衛兵たちのように、俺も確実に粉々の肉片になるだろう。

だが――――

「パリイ」

俺は俺の唯一の剣技スキル、『パリイ』で、頭めがけて落ちてくる牛の斧を横薙ぎに思い切り弾いた。

――――瞬間、飛び散る火花。

そして鈍い金属音と共に、重厚な斧が俺の脇に落ち、石畳を飴細工のように砕いた。

衝撃で俺の足にも激しい震動が伝わり、よろめきそうになる。

見れば、牛の斧は深く地面に突き刺さっていた。

「グモオオオオオオオオォ！！！」

牛は石畳に突き刺さった斧を力任せに引き抜き、俺を殺そうと続けざまに横薙ぎに振るう。

人の背たけ分はゆうにある、巨大な刃が俺の胴体にまっすぐに向かってきた。

あの黒い斧は一目見るだけで、途轍もない質量《おもさ》があるのがわかる。

刃の先に触れただけで、俺の胴体は粉々の肉片になってしまうだろう。

さっきの衛兵たちのように内臓ごと吹き飛ばされて、死ぬ。

だが――――


「パリイ」

俺は今度は思い切り縦に剣を打ち上げ、巨大な斧を弾いた。

先ほどよりも一層激しく火花が散り、打ち上げられた大斧は空を切り、俺の頭上を舞った。


遅れて強風が顔に吹き付けてくる。

本当にすごい力だ。

俺は山小屋でだいぶ鍛えたつもりなのに、腕が痺れかけている。

そして、人の胴体の数人分はあろうかという太い腕によって次から次へと繰り出される巨大な斧。

迫り来る嵐のような攻撃には、終わりがない。

俺はそれをただ避けるだけで精一杯だった。


「――――本当に、恐ろしいな」

牛の一撃を弾くたび、己の無知と世間知らずを思い知らされる。

この牛は俺にとってみれば強敵で、ずいぶん強そうに見えるが――――恐らく魔物ですらない。

比較的安全と言われる街中にいるぐらいだ。

一般市民ならいざ知らず、冒険者稼業の強者の手にかかれば、あっという間に退治出来るような生物に違いない。


いったい、外の世界にはどれだけ強力な生き物がいるというのだろう?

俺には想像もできない。

冒険者ギルドのおじさんが冒険者への道をあきらめさせようとするのは当然と言えるのかもしれない。

俺など、まさに井の中の蛙だった。

一撃、また一撃と牛の攻撃を弾くたびに思う。


「――――世界は、広い」

思い知らされる。

俺は少しは強くなったつもりだった。

だが、現実はそんなに甘くない。

俺にとっては、生まれ育った場所から一番近い街の中にいる生物ですら脅威だったのだ。

その事実にうち震えながら、それでもまだ夢をあきらめきれない自分の心に気が付いて戦慄する。

どれだけあきらめが悪いのだろう、俺は。


「ジモオオオオオ！！！」

俺の反省など意に介するはずもなく、牛は大斧を振り回して襲いかかってくる。

牛の一撃はひたすらに重く、疾《はや》い。

必死で攻撃を捌《さば》く俺に、牛は次から次へと狂ったように斧を振り下ろしてくる。

どこにも反撃の隙がない。


――――いや。

もし、奴に隙があったとしても俺には万に一つの勝ち目もないだろう。

俺には攻撃の手段がないのだから。

肝心の戦う為の【スキル】がないのだ。

「――――やはり、無謀だったのだろうな」

牛の繰り出す、一撃喰らえば確実に致死の攻撃を弾きながら思う。

この牛との戦いは、そもそも勝ち目などなかったのかもしれない。

――――俺には何の才能もない。

努力しても、実力も伴わなかった。

そんな俺が誰かを助けるなどと。

思い上がっていたのかもしれない。

でも、それでも。


「パリイ」

せめて、英雄になることは叶《かな》わなくても。

目の前で座り込み、怯える女の子ぐらいは守りたいではないか。

なぜなら――――どんな時でも、身を挺して弱き者を守る――――それが、幼い頃の俺が憧れた冒険者の姿なのだから。

俺はどんなに時間がかかったとしても、そんな風になりたいのだ。

その夢は、捨てられない。

もしここで彼女を見捨てたら――――この先一体、俺はどうやってその夢を果たすと言うのだ。

「パリイ」

俺はひたすら、牛の繰り出す攻撃をはじく。

それが今、俺にできることの全てだった。


「ジモオオオオ！！！」

牛がまた斧を振り下ろす。

だが今度は、俺にではなかった。


先ほどの少女は、全く動こうとしなかった。

ただ呆然とこちらを眺め、どうやら、逃げるだけの気力もないようだった。

それに気がついた牛は、彼女から潰そうと思ったのだろう。

邪魔な俺を避け、少女一人を叩き潰すような軌道で斧がまっすぐに振り下ろされる。

だが――


「パリイ」

俺は少女の前に滑り込み、再び牛の斧を弾く。

間一髪で間に合い、斧は高く打ち上げられ、牛は少し、よろめいた。

「ギウオオオオオオオオオオオ！！！」
牛は激怒した。
一層、斧の勢いが激しくなる。
今、奴は俺を厄介な邪魔者だと思っているのだろう。
斧の一振り一振りから、怒りが、興奮が伝わってくる。
先ほどよりも、一撃がずっと重い。
剣を持つ腕は、とっくに悲鳴を上げている。
――――だが、何度来ても。
何度でも、弾く。
絶対に、振り下ろさせない。
俺が生きている限り、何度でも弾き返す。
勝てないまでも、俺が死ぬまではせめて、この子を守りきる。

そのつもりだった。
だが、限界はすぐに来た。
俺の手にしていた剣が先に悲鳴をあげたのだ。

衛兵が使っていた剣は俺が山で訓練に使っていた木剣よりは遥かに上等なものだが、牛の斧と比べれば歴然とした質量差がある。

バキン、と音を立て、剣は粉々に砕け散った。

それを好機と見たのか、まっすぐに俺の首を狙って牛の斧が振り下ろされる。

これを喰らえば、俺は背後にいる少女もろとも叩き潰されるに違いない。

だが──。


「──まだだ」

まだ、俺の持つ剣には柄と刃の部分が僅かに残っている。

その部分を使えば、俺はもう一度だけ斧を弾くことができるだろう。

それがこの剣を使って斧を弾ける最後。

そう思って意識を極限まで集中させ──この瞬間に己の全てを込め、全身全霊で剣を振った。

一瞬、時が止まったように感じた。

俺の握る剣は牛の斧の、狙い通りの場所へと正確に食い込み、俺はそのまま狙った場所へと牛の斧の軌道をずらす為、全力で剣を振り抜いた。

「パリイ」

俺が弾いた斧は牛の手を離れて勢いよく回転し、その刃はまっすぐに牛の首へと突き刺さった。
そして斧はそのまま牛の首を通り過ぎて宙を舞い――――後ろの建物に突き刺さると、轟音を立てながらその中に吸い込まれていった。

「――――やったか」
しばらくの静寂。
斧を失った牛は、静かにその場に立ち尽くしていた。
それからほどなくして、牛の首が重い音を立てて地面に落ち、身体も崩れ落ちた。
牛がもう起き上がってこないのを確認して、俺はやっと胸をなでおろした。
手にしていた剣は、今の一撃で無残にも根元から砕け散った。
持ち手すら残さず、粉々に。
あれが本当に最後の一撃だった。
「……危なかった。あれ以上はとてもではないが、もたなかった」
いや、剣だけではない。俺の身体もすでに限界だった。
気がつけば両腕が、両脚が、全身が悲鳴をあげている。
立っているだけで眩暈《めまい》がする程の疲労困憊。
――本当に、情けない。街中の牛一頭相手にこのザマだ。

この程度で世界を旅して冒険したいなどと、夢を見るにもほどがあるだろう。

――まだまだ、鍛錬が必要だ。


「……ありがとうございます、おかげで助かりました――あの、貴方は一体――」

俺がそんなことを考えていると、後ろにいた少女が立ち上がり、よろめきながら俺に礼を言った。

よかった、彼女もやっと動けるようになったようだった。

「ああ、助かってよかった」

俺はそうとだけ答える。

でも、これで本当に助けたと言えるのだろうか。

周りに散らばる兵士たちの死体を見る。

彼らの命は無残にも散ってしまった。

「あの……よろしければ、お名前を教えていただけますか。もしご迷惑でなければ是非、このお礼を――」

俺が彼女にどう答えようか迷っていると、彼女の背後からこちらに走ってくる衛兵の姿が見えた。

「――いや、礼はいらない。ただの通りすがりだからな」

彼らに名乗るのも恥ずかしかった俺は、後のことは衛兵たちに任せることにして、そのままその場を去り、工事現場の依頼の完了報告をしに冒険者ギルドへと急いだ。

05　王女の暗殺

その日、クレイス王国に衝撃が走った。

王都最古の迷宮『還らずの迷宮』の最深層域、通称【深き淵《アビス》】の魔物『ミノタウロス』が、突然街中に出現したというのだ。

中層域の探索から帰って来たばかりの『才姫』が狙われた。

魔物が出現したとほぼ同時に、リンネブルグ王女は強力な『結界』で身体を拘束され、ほぼ無防備の状態で襲撃を受けた。

迷宮入口の警備に当たっていた精鋭、『門番《ゲートキーパー》』は全員死亡。

だがその場に駆けつけた一人の民間人によって、ミノタウロスは討伐された。

その助けがなければ、王女自身も命を落とす寸前だったという。

「…………確かなのか？　『ミノタウロス』が街中で召喚されたというのは」

「はい。発生を目撃した唯一の生存者、リンネブルグ様の証言からも、まず間違いありません。何者かが作動させた召喚魔術によるものかと」

王立騎士団の参謀長、ダルケンから報告を受けた王子は、歯嚙みをした。

「――――では、やはり『ミノタウロス』の出現は人為的なもの、ということか」

「恐らくは。召喚魔術の発動はその場に遺体のあった『商業自治区サレンツァ』から来たと思われる商人が身につけていた『魔術師の指輪』からと見られます。魔術兵団長の【魔聖】オーケンが調べたところ、それには極めて高純度の魔石が使われていました。市販品では絶対にありえない程の規格外の品だそうです」

参謀長ダルケンはそう言って、赤紫色の宝石の破片を取り出した。

「そうか」

召喚魔術は非常に高度な技術であり、高位の魔術師によって刻まれた精密な魔法陣と高純度の魔石が必要となる。

さらに脅威度特A【災害級】に分類される『ミノタウロス』を封じられるレベルの魔石となると、とてもそこいらの資産家が準備できる金銭で売買できるものではない。

それら全てを用意できる者となると、自ずから限られてくるのだ。

「魔石に残された魔法紋の痕跡から、出どころは恐らく魔導皇国デリダスではないかと。彼の国の最先端の魔導具製造施設で製造されたものによく似ている、と。

そして、ミスラ教国の『悪魔の心臓《デモンズハート》』並の超高純度の魔石を用いれば『ミノタウロス』を指輪サイズの空間に閉じ込めておくことは十分に可能だろう、とのことです」

その報告に王子は顔を曇らせた。

クレイス工国を取り囲む周辺三国、全ての国の名前が挙がったからだ。

――西の神聖ミスラ教国。

――東の魔導皇国デリダス。

――南の商業自治区サレンツァ。

中でも王国の東に位置する『魔導皇国デリダス』は現在、大陸一の強国。

そして、今やクレイス王国へ最も圧力を強めている国でもある。


「意図するものは報復……か？」

魔導皇国デリダスはここ数年、急激に発達した魔導具製造技術を背景に武力を拡大している。同時に周辺の小国へと侵攻し、領土を拡げてもいる。

我が国に対しても「武力を貸し出してやる代わりに、迷宮の権利をよこせ」と言ってきた。そんなことは土台無理な話であるのを承知の上で。

我が王国は豊富な迷宮資源とその周りに集まる人的資源だけを頼りにしている小国だ。その根幹を奪われたら、そもそもの国家の運営が立ち行かなくなる。

当然、父は「自国の防衛は自国で賄える」と突っぱねた。

だが、魔導皇国の現皇帝はそれで納得するような人物ではない。

我が国の拒絶に対して、今回のような報復と脅しで応えた。

そう考えると一応の説明にはなる。


「いや、それだけとも言い切れないのだろうな」

今までも、単なる嫌がらせはあった。

だが、今回の件は意味の大きさが違う。

妹《リーン》は今、王国法に則って『王位継承の儀』の試練の最中だ。

場面によっては一人となり無防備となる。

奴らはそこを狙ってリーンの命を奪おうとしてきた。

それも、『ミノタウロス』の召喚と同時に王女を強力な行動阻害の『結界』で縛るという念の入りようだ。

明らかに抹殺する意図があった。かなり、綿密に計画されて実行に移されたと考えていい。

それなのに、奴らはあからさまな証拠品を残している。それもかなり不自然だ。

まるで、譬《たと》えバレようが構わない、とでも言わんばかりに、堂々と仕掛けてきたように見える。

つまり――――

「妹への暗殺工作《テロ》は、我が国への脅しというよりも、我が国から戦争を仕掛けるように仕向けることが目的、ということか」

「恐らく……ご推察の通りかと」

もし、妹のリンネブルグ第一王女が暗殺されたとなれば、クレイス王国は国を挙げての犯人探しをせざるを得ない。もちろん、まるで誰がやったのか気がついてくれ、と言わんばかりにあからさまなまでに証拠が幾つも残されている為、手引きした犯人を特定するのは簡単だ。

名乗り出ているも同然なのだから。

だが、それを理由に相手国を問い詰めればまず間違いなく、戦争の引き金を引くことになる。

きっと、相手はそれが望みなのだ。

「けしかけて、反発してきたところを正面から叩き潰し、適当な理由をつけて迷宮資源を奪いたい――――か」

相手にとっては、暗殺が達成されようがされまいが同じこと。

分かりやすい証拠を残し、反撃できるものならやってみろ、と言わんばかりの、あからさまな我が国への挑発。

こんなことはここ数十年……いや、百年歴史を遡《さかのぼ》ってもなかったことだ。

明らかに不当な干渉であり、侵略行為に近い。

どう考えても非はあちらにある。

だがそれを他の周辺国に訴えたところで――――。


「無駄、なのだろうな」

迷宮資源を擁するクレイス王国は、現在、三つの大国に取り囲まれている。

魔法鉱物をはじめとした山岳資源を大量に擁し、『魔導科学』という独自の技術で国の礎を築いた東の魔導皇国デリダス。

神託によって伝えられたという、都市を丸ごと守護できるレベルの『大規模結界技術』を擁する西の神聖ミスラ教国。

そして、大陸の外との交易を行いながら、各地に散らばる商人のネットワークによって大陸随一の経済発展を遂げ、諜報に長けた機動力のある『武装商隊』を擁する南の商業自治区サレンツァ。

我々は彼らと相互に不可侵の条約を結んでいる。

だが現実には、おそらく本当の意味での味方ではない。

条約を結んだ当時から、関係性も変化してきているからだ。

今までは周辺の三国とも、力が拮抗していた。

それぞれの国がそれぞれの役割を演じ、足りないものは互いに交易や交渉で補い、数百年の長きに亘って平穏を保った。

だが、長らく均衡を保ってきた良き関係は、近年の魔導皇国の隆盛で脆《もろ》くも崩れ去った。あの国は当代の皇帝の治世になってからというもの、魔導科学武力を増強する手段を得て、急速に力をつけた。

魔導皇国が周辺の無数の小国を戦争で取り込んだのを契機に、周辺三国は足並みを揃え、地政学的に立場の弱い我が国に理不尽な要求を突きつけてくるようになった。

皇国《かれら》の狙いは、明らかにクレイス王国の「迷宮資源」だ。

迷宮遺物の魔導具を研究して力を得はじめた奴らは、更なる力を得る為に『還らずの迷宮』の遺物がどうしても欲しいらしい。

他の二国もそんな状況を注視し様子を窺っている。

今まで互いに睨みを利かせあっていた均衡が崩れ、弱みを見せればいつでも付け込まれてしまう局面で、我が国だけが不利になっている状況とも言い換えられるかもしれない。

元々、我が国は地理的にも、三国が協調して詰めてきたら立ち行かないような位置に存在しているのだから。

――今や我が国は本当に、良い『獲物』だ。

王国から見れば全方位を包囲され、隣接する国家すべてが敵という最悪の構図になりつつある。

「――父上の考えもわからないではないのだが」

厳格で融通の利かない父は、彼らの理不尽な要求を、ずっと撥《は》ねつけている。

瑣末《さまつ》なものから重要なものまで、父なりに納得のいかないと思えるものは全てだ。

時には道義に反するような要求もある。

一国の王とすれば当然であるし、本来正しい態度だとは思う。

だが、それ故に起きている摩擦もある。

譲れない道理を貫き通すが故に、周辺国との関係が刻一刻と悪化しているのだ。

今回のリーンへの襲撃事件は、そんな圧力に一向に屈しない父――現国王への脅しとも取れる。

「今や、本当に危機的な状況なのだな」

襲撃を画策した相手は、今か今かと民衆に火がつくのを待っている。

こんなあからさまな挑発をしてきたということは、すでに向こうはその後の準備も既に整えている、ということだ。

それが意味することは……これは、始まりの合図でしかないということ。

事態は一刻の猶予もない程に切迫している。

そんな印象を王子に抱かせた。


「――――潜んでいる脅威は今回の件だけではないと思え。まだ何か小細工が国内に仕掛けられている可能性がある。そちらの調査も急げ」

「は」

「それと」

問題はもう一つある。


「リーンを助けたという男のことだが――――」

リーンとはリンネブルグ王女の幼い頃の愛称であり、王子は今も妹をこう呼ぶ。

先ほど王子自ら、王女から襲撃の時の出来事を聴取していた。

襲撃を生き延びた彼女が語ったのは、たった一人であの深淵の魔物『ミノタウロス』と真正面から対峙し、無傷のまま倒した男が存在するという話だった。


――――有り得ない。

それが最初に報告を受けた時の印象だった。

少なくとも、王子自身の知識と常識からはとても信じられないことだった。

その男はミノタウロスの繰り出す数十回の重撃をいとも容易く払いのけたという。

それも、衛兵に配備された量産品のブロードソード一本で。

それはたった十数秒の、あっという間の攻防だったという。

王女が呆然とその高速の攻防を見守る中、男は最後には折れた柄だけの片手剣で魔鉄製の攻城斧を弾き返し、その刃で『ミノタウロス』の首を刈ったという。

……そんなことは常識で考えてみて、どう考えても有り得ない話だった。


そんな男が本当にいると、仮定してみる。

それはつまり、かつて深層でミノタウロスと対峙した若かりし頃の【六聖】――――彼ら六人のパーティよりも、優れた戦闘能力を持つ人物が存在するということに他ならない。

かつて『還らずの迷宮』の探索の為に現国王の父が率いた六名と共に深層で『ミノタウロス』と遭遇した際、Sランク冒険者のみで構成されたその伝説的なパーティの戦士職《タンク》、【不死】のダンダルグすら死を覚悟したという。

曰く、全身が鋼よりも固い皮膚で覆われ、眼球すら矢でも剣でも傷つかない。

辛うじて【魔聖】オーケンの魔法と当時王の所持していた迷宮遺物『黒い剣』が効いたから良かったものの、全員が全ての力を出し尽くし、ようやく一体を仕留め、目の前の財宝を全てあきらめて逃げ帰ったという。

それはかなりの昔の話で、彼らが経験を積んだ今出会えば話も違うはずだが、それでも、『ミノタウロス』は最高位の脅威に数えられている。

それを、たった一人の若者が倒してのけたなど。

まるで御伽話の英雄でも、物語の中から抜け出してきたかのようだ。

とても、信じられる話ではない。

「妹はきっと、少し混乱していたのだろう。今は落ち着かせた方がいい。それから改めて話を聞くべきだろうな」

自らの命を危険にさらされたのだ。

王国始まって以来の才能と言われた自分よりもずっと早く、たった十四歳で【銀級】ランクまで上り詰めた才媛であっても、混乱はするだろう。

妹にとっては初めてのことの筈だ。無理もない。

或いは、それは本当にミノタウロスだったのか、という疑問も湧く。

だが、その疑問はすでに解消されている。

【六聖】の一人、【剣聖】のシグが魔物の死体を確認し、ミノタウロスで間違いないと断言しているからだ。

辻褄が合わなかった。

妹の言うような夢物語のような人物が、実際に存在する――――そう考える以外に。


「その男の行方は分かったか？　現場にいるのを目撃したのだろう」

「その、それが。見たことは見たのですが――――」

「見たことは見たが、何だ」

「現場に駆けつけた者の証言では『目の前から幻のように掻き消えた』と。それ以降、足取りは追えていません」

「何だそれは？　どういうことだ？　【隠聖】率いる精鋭の偵察部隊が、みすみす見失ったと？　一体何の為の――――」

何の為の精鋭なのだ、と言おうとして、王子は彼らが本当に優秀な部下であることに思い至り口を閉じた。

「仰りたいことは分かります。ですが、確かに男の姿を見たというのです。それが音もなく消えた、、、、と」

「つまり、彼らの感知能力を以ってしても追えない程の手練れということか」

「そうなります」

一体何者なのだ、そいつは。

ミノタウロスを単独で軽々と倒す程の戦闘能力を持ち、我が国の精鋭の索敵部隊でさえ、まともに追うことのできない男。


――――ありえない。

そんな人物が王都に潜伏しているだと？

一体、何が起きているのだ。

周辺国との軋轢は今、いよいよ高まってきている。

この王都では既に何かが起こり始めている。


「状況は分かった、このまま捜査を継続しろ。一時も無駄にするな」

「は」

初老の男は簡単に礼をすると、足早に立ち去っていった。

「多方面の対策を、同時に進めねば」

あまりにも情報が足りない。王子は焦る。

相手は既に大胆な方法をとってきた。

全てがバレようが構わない、とでも言うような乱暴な手法だ。

それが意味するところは、ただ一つ。

「……もう、近いのかもしれないな」

近いうちに、戦争が起きる。

或いは――既に始まっている、ということかもしれない。

王にも進言の必要があるだろう。

だが、あの勘の良い父のことだ。

自分の気づいたことなどとっくに気がついていて、既に手はずは整っているのかもしれないが
――それでも、例の男のことだけは気になる。


「何者なのだ、その男は」

その男が敵でなければ、これほど心強いものはない。

仮にも妹の命の恩人なのだ、そうであってほしいと願う。

だが現状は、正体不明の存在でしかない。

その男にはあまりに不自然な点が多すぎるのだ。

まず、男がそれだけの力を持ちながら、誰も彼の存在を知らないことに違和感を覚える。

それに、もし、男が我々の敵でないというのなら、何故名も告げずに逃げるように立ち去ったのかがわからない。その一点を以てしても、とても味方とは考え難い。


「甘い期待は持つべきではない、な」

だがこの現状、そんな甘い期待にも縋りたくなる。

そんな考えを振り払う為に、王子は頭を横に振る。

自分のような立場で、そんなものに縋っていられはしないのだ。

「妹の語る話が全て本当であれば、などと。あまりに馬鹿げている」

妹の話に出てくるその男は、まるで、危機に陥った時には何処かから駆けつけ、全てを解決してくれる————そんな、よくある御伽噺の英雄のようだった。


「少し、落ち着いて考えるとするか」

また一つ、王子の頭の中を駆け巡る要素が増えた。

王子は深く息を吸い熱くなった頭を鎮めると、執務室の椅子に腰掛け、複雑な盤面を整理する為に思考の海へと沈んでいった。

06　依頼の完了報告

俺はあの後、少し遠まわりしてから冒険者ギルドに辿り着いた。

依頼完了の報告をするためまっすぐにギルドに向かいたかったのだが、途中、奇妙な格好をした男達が追いかけてきたので、気味が悪いので撒いてきたのだ。

おかげで少し、時間がかかってしまった。

辺りはもうすっかり暗くなっている。

「おお？　ノールか。心配したぜ。お前、大丈夫だったか？」

ギルドの中に入ると、おじさんが声をかけてきた。

「何かあったのか？」

「なんだ、騒ぎに気がつかなかったのか……？　迷宮の入り口の近くで『深層の魔物』が湧いたらしい。ここいらじゃそうそう見かけねえバケモノだぞ」

「魔物……？」

「ああ、おかげで大変な騒ぎになってる。お前が派遣された工事現場の近くだったらしいから心配してたんだが……よかったな、出会わずに済んで。Ｓ級冒険者のパーティでも手こずるような化け物だ。もし出くわしてたら、元Ａランク冒険者の俺だって、きっと即死だぞ？」

「そんなに恐ろしい魔物が出たのか？　本当に運が良かったみたいだな」


俺が出会ったのは、牛だけだった。

とはいえあれでも俺にとってはかなり危なかったのだが……本物の魔物に出会わなかっただけ、マシだったのだろう。

「それでどうなったんだ、その魔物は。まだ、その辺りにいるのか……？」

「いや。一応、安心していいぞ。その深層の魔物『ミノタウロス』は正体不明の何者かに倒されたって話だ。たった一人で、それも一撃で倒したらしいぜ？　とんでもねえよな」

「そんなに強い魔物を……一撃で？」

「ああ、幸運だったな。今頃街ごと壊滅していてもおかしくねえよ。その男に感謝しなきゃな」

「……世の中にはすごい人間がいるものだな」

俺が牛一頭と格闘を演じている間に、そんなことがあったとは。

……やはり、俺はまだまだ話にならないぐらいに弱い。

それをよくよく自覚しなければならない。

「それにしても、Ｓ級冒険者のパーティでも苦戦する化け物をたった一人で……か。何者なんだ、その人物は？」

「さあな……。それだけの実力が有れば名も通ってそうなもんだが、俺にも全く分からん。まあ、衛兵隊が総力を挙げて調べてるらしいから、いずれ分かるだろう」

「そうか」

おじさんはそんな風に俺と雑談しながら手早く依頼完了の処理を済ませ、俺に依頼料の入った革袋を手渡してきた。

「ほらよ、受け取れ。これが今日のお前さんの働き分だ。結構稼いだじゃねえか」

「ああ、そうだな。ありがとう」

俺は今日の稼ぎを手に入れ、おじさんにお礼を言った。

「――それで、ノール。そろそろまともな仕事に就く気にはなったのかよ？」

「なんだ、まともな仕事というのは？　俺はもう、冒険者として働いているだろう」

おじさんは頭を抱えながら、大きくため息をついた。

「なぁ、ノール。前にも言ったけど、お前、冒険者ギルド《ウチ》に仲介料取られてるんだぞ？　今日の働きにしたってギルド《おれたち》が嚙まなきゃ、三割増しぐらいで稼げてる筈だ」

「それはまあ、知っているが」

「……現場監督の親父も言ってたぞ。あいつは是非とも自分のところに欲しいって。あんなに優秀な人材は見たことねえって。他にも、何件もお声がかかってるんだぞ？　お前、本当に引っ張りだこじゃねぇか。こんな幸せな状況、いつまでも続くと思うなよ？　今のうちにいいところ見繕って、安定した所帯持つ準備をだな――」

もう何度目かわからない、おじさんの長い話が始まってしまった。

最近は頼んでもいないのに、わざわざ良い求人があった、ここはどうだ、と就職先の紹介までしてくれる。

俺はそんなのはいらない、と何度も断っているのだが……。

でも、おじさんと俺の意見は全く合わないが、不思議と悪い気はしない。

俺のことを思って言ってくれているのが、少しはわかるからだ。

まあ、結局最後には全部断るのだが。

「……だいたいな、ノール。確かに冒険者ってのは面白い仕事だってことは、俺だって認める。経験者だしな。だが、大抵は早死にするんだぞ？　俺なんか昔、親しい仲間が何人もいたんだがなあ……皆、本当にいいやつだったんだ。でもな、冒険者ってのは、いつも、いい奴からどっかに行っちまうんだぜ？　そう、あれは俺が十五の時だったんだが――」

――これは、まずい。

おじさんの話は、だんだんと何度か聞いた覚えのある昔話になっていった。

こうなると、本当に長い。

仲間との出会いから別れまでの物語を熱く語るおじさんは見ていてとても微笑ましいが、正直、明日の仕事があるので早く帰りたいと思っている。

なので、俺はいつものように笑顔でおじさんの熱弁を聞き流しながら、話を断ち切るタイミングを見計らっていたのだが……ふと、背後に誰かがいるような気配がした。


「――――やっと……見つけました」

その小さな声に俺が驚いて振り返ると、女性らしき小柄なローブ姿の人物がそこにいた。

そして彼女がローブのフードを外すと、見覚えがある少女の顔が出てきた。

確か、この子は――――。

「君は、さっきの……？」

「……はい、失礼かとは思ったのですが、どうしてもお会いしたくて」


この子は、牛に襲われていた女の子だ。

……まさか、つけて来たのか？

つけて来た不審な男たちは上手く撒いたと思ったのに、この子の気配には全く気がつかなかった。

山の森に生息する野ウサギや狼程度の野生動物になら一切気づかれずに狩りをする程度には俺の

【しのびあし】スキルも上達したと思っていたのだが、こんな子供に気がつかないなんて……俺もまだまだだな。

でも、なぜ俺の居場所がわかったのだろう？

たまたま――――？　いや、違う。

この子は多分、スキルを持っているのだ。

「そうか、【スキル】か。それでわかったんだな？」

「はい。私も一応、養成所で【盗賊《シーフ》】系の訓練は受けましたので。失礼かとは思いましたが、遠隔探知系のスキルで貴方を捜させて頂きました。その方が早かったものですから……」

すごいものだ。

この歳でそんな有用スキルを身につけているとは。

「ということは、君は【盗賊《シーフ》】系の職業なのか？」

「……いえ、得意とするのは本来、【魔術師《マジシャン》】系で……他は一通り、六系統のスキルを満遍なく、といったところでしょうか」

「そんなにか？　……すごいな」

「我が家の方針で、伝統のようなものです。身につけられるものは全て身につけよ、と……でも、どれも余技のようなものです。あなたのような方を前にお恥ずかしい限りなのですが……」

「いやいや、十分に凄いものだよ」

この歳で幾つもの【スキル】、か。

見た目からすると彼女は俺が山を降りた時とさほど年齢は違わないはずだ。

今更ながら劣等感を覚えずにはいられない。

「あの…………申し訳ありませんが、人目もありますから…………外でお話をしませんか？」

俺がどうしていいか分からず、ギルドのおじさんに目配せをして助けを求めると、おじさんは何やら渋い顔をしていた。

「おい、ノール。お前、今度は一体何やらかしたんだ……？」

「いや、俺は責められるようなことは何もしていないぞ……？」

……多分。

俺はこの街に出てきてから日が浅く、よくわからないことも多く、ものを知らずに何か問題を起こした時にはおじさんにはかなり世話になっている。

とはいえ、山から降りてきたばかりの頃よりは、この街の文化にもだいぶ慣れてきたつもりだ。

今日だって、何か問題を起こすようなことをしたつもりはないのだが。

「大丈夫です……今なら周囲に人はいませんし、【遮音】と【隠蔽】で外にお話は漏れないようにしますから」

それも【スキル】か。

すごいものだ。

そんなモノが余技だなどと、信じられない。

だが、何故そんなことをするのだろう？

俺が困っておじさんの顔色を窺うと、おじさんは渋い顔のまま小さくうなずいた。

「……行ったほうがいいのか？」

「ああ、そうだな、行ってこい。……だが相手が相手だ。粗相のないようにな」

「……？　ああ、わかった」

俺はよく事情を飲み込めないまま、小柄な少女に付き従って冒険者ギルドの外に出た。

07　王都の中央広場

俺たちは歩いて王都の中央広場まで辿り着いた。

辺りに人の気配は無い。

時折、何かを探しているような衛兵の姿を見かけるが、こちらに気がつく様子はない。

これがこの子のスキルの力か。

すごいものだ。

衛兵が去り、二人だけになったことを確認すると彼女は俺に話を始めた。

「……まず、最初にお詫びをさせてください。恩人の後をつけるような真似をして、本当にすみませんでした。でも、是非ともう一度、お会いしたかったのです」

彼女は深く頭を下げた。

「それと、ギルド内でのこともお詫びしなければなりません。ギルド長《マスター》とお話をしていたところに、急に外に出ろ、などと。本当に無礼な発言をお許しください。私も立場上、市民の面前でこのような姿を見せることは好ましくなく――それに、貴方様にも何か事情がおありのようでしたから」

「いや、別に気にしてないぞ」

わざわざ謝られるようなことだとも思わない。

というか俺には事情というほどのものもない。

何か、誤解をされているような気がするのだが……？

「それで、俺なんかに何の用だ？」

なんで、わざわざ俺を追いかけてきたのだろう。まず、そこがわからない。

やはりおじさんの言う通り、俺は知らず知らずのうちに、何か不味いことをしでかしたのだろうか。

「私の用件は一つです。ちゃんと、お礼を言わせてください。私の命を救ってくださり――本当にありがとうございました」

長い髪の少女は再び、深々と頭を下げた。

「……まさか、そんなことで？　さっき、もう礼は言われたと思うが」

「いいえ、あれではお礼をしたことにはなりません。

貴方は私の命のみならず、多くの国民の命を救ってくださったも同然なのですから」

「いや、そんな大げさな」

暴れ牛を抑えたぐらいで。

確かに、あの衛兵たちは可哀相な事になったが、俺も一歩間違ったらああなっていたのだろう。

今考えると、実力も伴わないのに飛び出していったのは無謀だった。

それに、彼女は優秀な【スキル】持ちなのだ。俺などが出しゃばらなくても、彼女なら一人でなんとかできた可能性もある。


――――そうだ。何故気がつかなかったのだろう。

彼女がいつまでも地面に座り込んでいるのがおかしいとは思っていた。

あれは逃げなかったんじゃない。

逃げる必要がなかったのだろう。

実際、彼女を縛り付けていたように感じた奇妙な青い光は俺があの牛に辿り着くと同時に消えていた。

あのまま放っておいても、彼女は自分で何とか出来たのかもしれない。

……そう考えると、なおさら余計な事をしたような気がしてくる。

「いや、気を遣ってそんな風に言うには及ばないぞ。俺はまったく余計なことをしたかもしれないな。こちらこそ、差し出がましいことをして済まなかった」

「……そ、そんなことはありません！　本当に感謝しかありません。貴方が駆けつけてくれなければ、私など、どうなっていたことか……！」

どうも義理堅い子らしい。

この歳で気遣いができるなど、中々だ。

「そうか。それなら気持ちだけ受け取っておこう」

「私としては今回の件に関して、でき得る限りの謝礼をお渡ししたいと思っています……何なりとおっしゃってください。父も、貴方様には大変に感謝しています。家財を動員しての心からの謝礼をさせて頂きたいと」

「……なに？　家財を動員？」

いったい、この子は何を言っているんだ？

話がちょっと、おかしな方向に傾いている気がする。

「いやいや、さっきの言葉だけで十分だぞ。本当に、それ以上はいらない」

「いいえ、ちゃんとしたお礼をさせてください。私の父も兄も——貴方に是非ともちゃんとお会いして、お礼が言いたいと申しております」

「いや、もう十分だ」

「……そ、そんなわけにはいきません！　私はこれでも立場ある人間。命を救ってくださった恩人に対し、何もせずにいるなど……！　……それでは私としても面目が立ちませんし、是非とも家を挙げての謝礼を……！」

「いや、いらない」

彼女にどんな立場があるのかは知らないが、俺の立場としては必要のないものを貰っても困るのだ。

「で、では何かお困りの事はないですか？　当家を挙げて何でもサポートを……何なら、お父様が領地などの相談にも乗ってくださると思います」

……何だ？

領地だとか、何故そんな話になる？

大体、俺は山に行けば家も畑もあるのだし。

気持ちはありがたいのだが、正直……いらない。

「すまないが、本当に礼などいらないんだ」

「で、でも……！」

気づけば、彼女は、泣きそうな顔になっていた。

……なぜだ。別に、言葉だけで十分だと言っているのに。

俺の意図が伝わっていないのだろうか。

「……いけません。貴方にはお礼を受け取る義務があるのです……!!」

「義務……？」

お礼にそのようなものが付いてくる筈はないと思うのだが……？

「何と言っても、いらないものはいらないぞ？」

「では、お礼を受け取るお返事をいただくまで、私はここを動きません」


彼女はどう言っても引き下がらない。

もう、半泣きになっているし、どうやら本気のようだ。

子供だな……。

いや、子供か。

しかし、この子も頑固なところがあるな。

昔の自分を思い出してしまう。

十数年前、【僧侶】の訓練所を訪れ、門前払いされても「訓練を受けさせて貰えるまでここを動かない」と意地を張った俺は、教官の目から見るとこんな感じだったのかもしれない。

彼女も結構、強情な性格のようだ。

俺のように三日三晩飲まず食わずで待たれても困る。

――――仕方ない。

「……わかった。君のお父さんとお兄さんに会うだけなら」

「……ほ、本当ですか!?」

正直、これ以上のお礼など本当にいらない。

街中の暴れ牛を撃退しただけなのだし。

まさか、都会の牛があんなに凶暴だとは思わなかったが。

魔物の話ばかりで、あまり話題になっていないような気もするし、案外、王都《ここ》ではこういうことがよくあるのかもしれないな。

俺はこの王都の文化には詳しくはないが、もしかしたら「牛に襲われて助けられたら全力でもてなせ」なんていう風習があるのだろうか。

ちょっと理解はできないが、郷に入っては郷に従え、というやつだろう。

「だが、本当にそんな大げさな礼など必要ないからな」

「はい！　では、早速参りましょう。私のすぐ後ろをついて来ていただけますか。あまり人目につきたくありませんので、【隠蔽】や【探知遮断】など色々多重掛けして身を隠しますので」

そう言うと彼女は足早に歩き始めた。

あれ程泣きそうだった顔はもう、澄ました笑顔に変わっている。

……まさか、さっきのあれは嘘泣きだったのだろうか。
子供ながら案外策士なのかもしれない。
俺は仕方なく足取り軽く進んでいく少女の後を追い、夜の街を歩いて行った。

08　リーンの家

「これが……君の家、なのか？」

てっきり、彼女の家に案内されると思っていたのだが。

辿り着いたのはお城のような建物だった。

しっかりした造りの石造の壁と、重厚な造りの大きな城門。

左右に門番が槍を持って立ち、警備をしている。

家、というよりも、まるで御伽話に出てくる王様のお城か要塞のようだった。

ここが家だとはとても思えない。

だが、ここに連れてこられたということはやはり……？

「はい、少し一般的な家の造りではないと思いますが……これが私の家です。中へどうぞ」

そう言って、彼女はことも無げに門番たちの脇をすり抜けていく。

「このまま行くのか？」

「はい、今は急いでいるので。それに、彼らの仕事を邪魔してはいけませんから」

どちらかというと、誰か不審な者が入ってこないかを見張るのが彼らの仕事だろうと思うのだが。

だが、門番たちは俺たちのことを見ようともしない。

彼女が【隠蔽】とかいうスキルを使っているせいだろう。

ここは彼女の家だと言うし、気にしないことにして、言われるまま俺はお城のような家の中に入っていく。


「そういえば、まだ名前をお伺いしていませんでしたね。よろしければ、教えていただいても……?」

「俺か？　ノールだ」

「ノール様、ですね」

俺は歩きながら答える。

だが、自分の名前を呼ばれて、ふと、彼女の名前を知らないのを思い出した。

「そういえば、君の名前は……?」

「あっ……！　し、失礼しました、こちらが名乗るのをすっかり忘れていましたね」

彼女は足を止め、すっと俺の方に向き直ると、右手を胸に当てて軽く礼をした。

「リンネブルグ・クレイスと申します。世間的には少し長い名前なので、冒険者として経験を積む今はリーンという名前で通しております。お気軽にリーンと呼んでくだされば嬉しいです」

「そうか、リーンだな。わかった」

確かに、リンネ……なんとかは少し長くて覚え辛いし、リーンの方がいい。

短くて覚えやすい、いい名前だ。

「ここからは【隠蔽】を解きましょう。もう安全な場所ですし、かえって不審に思われてしまいますから」

そうして、また俺たちは奥へと歩いていく。

本当に広い家だ。随分歩いた気がするのに、まだ奥がある。

見たところ、彼女の家は相当の資産家なのだろう。

それとも、いわゆる貴族という奴なのだろうか。

ようやく、わかってきた。

冒険者ギルドのおじさんが「粗相のないように」と言っていたのはこういうことか。

とはいえ、だからといって、何をどうすれば良いのかなんて俺にはわからない。

貴族や富豪相手の作法なんて、俺には全く縁のないものだったしな。

「あれは……ちょうどいいですね。彼女にお父様の居場所を聞きましょう」

しばらく、とても長くて広い通路を歩いていくと、金色の長い髪を揺らした女性が現れた。

メイド服のようなスカートを穿いているが、その上には重そうな銀色の鎧を着込んでいる。

「おかえりなさいませ、リンネブルグ様」

「イネス。ご苦労様です。お父様にお会いしたいのですが、今の時間なら謁見の間ですね？」

「……そちらの男性は？」

鎧を着込んだ女性はリーンの質問に答える前に目を細め、俺を見た。

何だか、品定めされているような感じだ。

どうやら、彼女にはあまり歓迎はされていない雰囲気だ。

「イネス。こちらの方は私のお客人です……失礼のないように。例の襲撃から身を挺して私を救ってくれた方です」

「……！　承知しました。私が先導してご案内します」

この人は、この家のメイドさんなのだろうか。

随分と重そうな鎧を着込んでいるところを見ると、掃除や洗濯などはやりにくそうに思えるが……。

俺が彼女のことが気になってじっと眺めていると目が合ってしまい、きつく睨まれた。

どうも俺はかなり警戒されているらしい。

まあ、無理もない。

俺は土運びが終わった後の汚い格好のままだ。

というか、今日の俺は普段にも増して汚い格好をしている。

思い返してみれば朝早くからドブさらいをして、そのまま夕方頃までは土運び。

その後に牛と戦い、冒険者ギルドに行くまでに怪しげな男たちと追いかけっこをしたのだ。

こんな豪華で召使いも何人もいるような家に、場違いな奴が来たと思われているのだろう。

俺だって、そう思っているのだから。


「――――どうぞこちらへ」

イネスと呼ばれた銀色の鎧の女性は、そう言って長い廊下の奥の重そうな金属製の扉を開いた。

扉の先には、美しい装飾の施された金色の槍を持った男が佇んでいた。

男はゆったりとした様子で俺たち……いや、俺だけを見据えて槍を構えた。

「こんな時間にどうした、イネス？　リンネブルグ様も、お帰りで。……そっちの男は何だ？」

どこか軽い口調で矢継ぎ早に質問してくる男だが、その視線は鋭い。

どうやら、俺はこの男にも警戒されているようだ。

よく見れば、彼の持つ金色の槍の先は正確に俺の喉元に向けられている。

まるで、いつでも突き殺せるようにしておこうかという感じだ。

なんだか本当に物騒な家だな、リーンの家は……？

「ギルバート、そこを通しなさい。こちらの御方はリンネブルグ様の大切なお客人。至急、陛下にお目通りをする必要がある」

「へえ、リンネブルグ様の客人？　……じゃあ、お前が例の奴なのか……？」

一瞬、男の眼光が更に鋭くなった気がした。

が、またすぐに軽い感じの雰囲気に戻り、俺の顔を眺めた。

「……でも、あんまりそうは見えねぇな？」

「客人に失礼な物言いはやめなさい。それと、お前も謁見に同行しなさい。護衛は多いほうがいい」

「……ああ分かった。俺も行く」

彼は俺の喉元にまっすぐに向けた槍先を外し、肩に担いで俺たちの後に続いた。


そうして俺たちはイネスの後に続き、槍の男が護っていた扉の奥を進んでいくと、すぐに目的の部屋に辿り着いたようだった。

またしても重そうな扉を開けると、若い男が一人、壇上の初老の男性と何やら話しているのが見えた。

「お兄様」

「……リーンか？」

若い男性の方は、リーンのお兄さんらしい。歳は二十歳前後といったところだろうか？　リーンとそんなに年齢は離れていないようだ。

「そのローブは俺の【隠者のローブ】……？　まさか、お前、外に出ていたのか？　当分の外出は禁じたはずだろう……!!」

「……ごめんなさい。でも、どうしても恩ある方は自力で捜したかったものですから」

「……そちらの男性は？　もしや」

「はい。この御方が、私を救ってくれた方です」

「……！　この人物が……!?」

リーンのお兄さんは俺を見て、かなり驚いているようだった。

「……こんな格好ですまないな。リーンが急ぎたいというものでな」

俺はひとまず、謝っておいた。

リーンのお兄さんは無言で俺を見つめていたが、イネスは相変わらず俺の顔を睨みつけているように感じる。

もしかしたら彼女は元々そういう目つきの人なのかもしれないが、あの厳しい目線で見られていると、もしかして俺が今、何かまずいことをしたのだろうかとだんだん不安になってくる。

不安になってリーンの顔を窺うと、彼女は楽しそうに笑っているから大丈夫だろうとは思うのだが……。

「格好など構わんよ。むしろ、急いで会いたいと言ったのはこちらの方だ。わざわざ足労をかけてすまなかった」

天井が高く広い部屋の中に、低く通る声が響いた。

どこかの国の王様だと言われても納得できるぐらい、威厳のある響き。

なんだか自然と背筋が伸びるような、妙に心地良いような声色だった。

イネスとギル……なんとかとかいう槍の男はその場に片膝をつき頭を下げた。

となると、この声の主は家主……つまり、リーンのお父さんということになるだろう。

「君が、我が娘の命の恩人か――――思ったより若いな。近くで話そうか」

09　謁見の間と『黒い剣』

リーンのお父さんは壇上に置かれた重そうな椅子から立ち上がり、ゆっくりとこちらへと歩いてきた。

思ったより若いと言われたが、逆にリーンのお父さんは想像していたよりも少し老けて見えた。威厳や立派な風格がそう見せているとか、そういうのもあるのかもしれないが。

「先に言っておくが……俺は貴族でもなんでもない。こういう場での礼儀などは知らないし、無礼になるようなことをするかもしれない。それでもいいか？」

礼儀作法には本当に疎いので、先に言っておく。

だが、脇で跪《ひざまず》いているイネスの眉がピクリ、と動いた。

今のも何かまずかったのだろうか……？

本当によくわかっていないのでちゃんと言ってくれた方が助かるのだが……。

「はは、もちろん構わんよ。そんなことに拘《こだわ》るのは貴族の連中だけだ。むしろ、そういう方が話がしやすくていい」

「そうか、それなら助かるのだが」

リーンのお父さんは俺の正面に静かに立って言った。

「それよりも、礼を言わなければならないのはこちらの方なのだ」

そして俺の手を皺と傷の刻まれた両手で摑み、深々と頭を下げた。

「改めて礼を言わせてくれ。貴公の働きがなければ我が娘はすでにこの世になかった。感謝は幾らしてもし足りないだろう。心からの礼を言う。本当に、有難う」

俺には貴族の作法はわからないが、動作の一つ一つ、言葉の端々から心からの感謝の気持ちが伝わってきた。

「ああ、なんでもないことだ。その言葉だけで十分だ」

俺の言葉にリーンのお父さんも満足気にうなずいた。

……よし、これで、礼は受け取ったぞ。

これで帰ってもいいだろう、と俺はリーンをちらりと見たのだが。

「……だが、大恩を受けた恩人を手ぶらで帰すわけにもいかんしな？　領地でも金でも邸宅でもなんでも、好きなものを言ってくれ。できる限りの報賞を出そう。何か、望みはないか？」

なんだかまた、リーンと繰り返したやりとりのようになってしまった。

やはり、家風なのだろうか？

どうやら、何かを受け取らなければ帰してくれそうもない感じだ。

だが、俺の望みは強くなって【スキル】を身につけて、一人前の『冒険者』になって冒険の旅へと出たいということだけだ。

その望みはかなり遠く険しいみたいだが……少なくとも金で買えるようなものではない。

「いや、そういう望みはない。すまないが……いらないんだ」

「そうか。金や土地はいらないか……」

リーンのお父さんは少し考えてから言った。

「……では、迷宮産の『財宝』はどうだ？　我が国は知っての通り、世界最古の迷宮を擁する国家だ。うちの宝物殿には数百年かけて発掘された、ありとあらゆる迷宮産の珍品が置いてある。中には金では手に入らない便利なものもあるだろう。……なんなら、仕舞い込んであるものの半分ぐらい持って行ってもらっても良いぞ。それでどうだ？」

「お、お父様!?　そこまでは――――！」

リーンのお兄さんが驚いた顔でお父さんの顔を見た。

俺も正直、そんな事を言われて困っている。

宝物殿とやらにどれほどの量があるのか分からないが、正直いらない。

今の俺には必要のないものばかりだろう。

生活自体は今のままで、満足なのだ。

第一、貰ったところで置く場所もないだろうし。

「いや……すまないが、それもいらない」

「うーむ、なら、何が良い？　そちらから欲しいものを言ってくれた方が助かるのだが」

「いや、豪華な礼の品など本当にいらないんだ。さっきの言葉だけで十分すぎるぐらいだ」

暴れ牛からリーンを助け出しただけだし、きっと大したことはしていないのだと思う。

それも、きっとあれほどの【スキル】を身につけているあの子なら、なんとか出来た程度のことだろう。

俺はただ、何も知らずにでしゃばった愚か者に過ぎない。

それなのに、なんと義理堅い親子だろう。

この家を見る限り彼らはお金には困っていないらしいが、いくらあり余っているからといって、わざわざいらないといっている人間に押し付けようとするのもどうかと思う。

そういう文化なのかもしれないが。

「……金品など何もいらない、か？　ふむ。であれば、何が良いか」

リーンのお父さんは高い天井を見上げながら、じっと考え込んでいるようだった。

……いや、金品だけじゃなくて本当に何もいらないんだが。

「他に、娘の命を救ってくれた恩に見合うもの、か」

リーンのお父さんはそう、独り言のように呟くと思いついたようにさっきまで座っていた豪華な椅子に向かって歩いていき、その背後の壁に飾ってあった黒ずんだ剣を手に取った。

「では、コレなどでどうだ」

そして、また俺のところへ戻ってくると、その古びた黒い剣を手渡してきた。

「これは、剣……か……？」

「そうだ。少しばかり、見た目は悪いがな」


手にとって間近で見て、これが本当に剣かどうか、少し迷った。

これは確かに剣の形をしている。

だが、あまりにもボロボロであちこちが黒ずみ、所々刃毀《はこぼ》れしていて全く斬れそうもない。

それに、見れば見るほど大きく表面が削れたり陥没したりしてしまっていて、まっすぐなところがほとんどない。

一言で言えば……剣というより、平たい金属の塊だ。

しかも、材質がなんなのか分からないが、かなり重たい。

手に持った瞬間、ずしりときて危うく落としそうになった。

まるで、全てが鉛よりも重い金属で出来ているようだった。

「ち、父上、それは――――!?」

「よいではないか、レイン。現役を退いた今となっては最早ただの飾りだ。ここに眠らせておくよりはずっといい」

「で、ですが――――!」

「前に作ったコレの、見た目だけの模造品《レプリカ》があっただろう。それと入れ替えておけばきっと誰も気づかんよ。イネス。ギルバート。お主らも内密にな」

「は、ご命令とあらば」

「……了解です」


俺は彼らのやりとりを見ながら、手の中にある剣とも剣でないとも判別しがたい、黒くて平たい金属の塊を眺める。

……コレは本当に、受け取ってもいいものなのだろうか。

「もしかして、これは大事なものなのではないか？　だったら受け取れないが」

「いやいや、単に儂《わし》が旅先で拾ったモノだ。元々は誰のものでもない。たまたま、気に入ってしばらく使い続けただけの話だ」

「旅先で拾ったもの、か？」

「ああ、要は私のお古だ。それぐらいであれば、受け取ってくれるか？」

俺は改めて手にした黒い剣を見る。

リーンのお父さんのお古、か。


それは見れば見るほど、無骨でみすぼらしい剣だった。

当たった光が全て吸い込まれてしまいそうなほどに黒ずんだ刀身。

同じような真っ黒な材質の持ち手には古びた布が巻かれていて、使い古したという言葉が本当にしっくりくる。

おまけに持っているだけで腕が疲れてくるほど、とんでもなく重い……とはいえ、これを訓練用と考えて眺めていると、だんだんいいものに思えてくる。

……それに、この重さとかたち。

工事現場の杭打ちにはちょうどいいかもしれないな。


「そうだな――――では、有難く受け取ろう」

俺がそう答えると、リーンのお父さんは大きな傷の刻まれた顔に満面の笑みを浮かべた。

どうやら、満足してくれたようだ。

この親子は、どうやら何かを受け取らせないと気が済まないらしいから、これぐらいで満足してもらったほうがいいだろう。

「試しに振ってみてくれんか」

「……こうか？」

俺は言われるままに片手で黒い剣を素振りした。

やはり、とんでもなく重い。

だが、振れない程でもない。

【身体強化】込みであれば問題にならないだろう。

「どうだ？」

「重いな。だが振れない程でもない」

俺が答えると、リーンのお父さんは笑った。

「ふふ、そうか……片手で振れるか。その剣は見た目は少しばかり貧相だが、本当に頑丈だぞ。危ない時には何度も命を救われたものだ――」

リーンのお父さんはどこか遠くを眺めるような目をして懐かしそうにしている。

やっぱり、これは大事なもので、もらったらまずいものなのでは――？

そんな風にも思ったが、一旦もらうと言ったものを返すのも、それはそれで悪い気がする。

「では、大事に使うことにしよう」

「ああ、そうしてくれ」

リーンのお父さんはまた楽しそうに笑った。

「それと、娘のことなんだが。もし、君さえ良ければ少しばかり鍛えてやってくれないか？　最近、どこも物騒でな……いささか、心配なのだ」

「リーンに……俺が？」

また唐突な……。

俺は少し考えてから答えた。

「いや……彼女に俺が教えられることなど何もないと思うぞ。それに、そういうのは本人が決めることだろう――子育てのことは俺にはよくわからないが、あまり親が娘に干渉しすぎるのも良くないと思うぞ？」

「はは、それもそうだな！」

頼まれたことをあっさり断られたというのに、リーンのお父さんは可笑しそうに笑った。

本当に良く笑う中年だ。

だが、周囲の皆の表情は強張っている。

特に、イネスは凄まじいまでの眼光で俺を睨みつけている。

「……今、俺はまずいことを言ったか？」

「いやいや。そんなことはないぞ。むしろ久々にこんな会話ができて楽しかったぞ」

「そうか――――じゃあ、もう帰っても良いか？」

「ああ、引き留めて悪かったな。リーンの父として、改めて礼を言おう」

「何でもないことだ。こちらこそ大層な謝礼など貰ってしまって悪かった」

本当に何もいらなかったのに、なんだか大事そうな物をもらってしまった気がする。

だが、結果的にはよかったかもしれない。

この黒い剣は見た目はボロボロだが、それだけに気兼ねなく受け取れる。

それに頑丈だそうだし、この重さは俺に必要な鍛錬にはとても良い気がする。

ずいぶん幅広だし、『ドブさらい』の依頼での側溝の掃除にも便利そうだしな。

……明日、早速使ってみるか。

「では、俺はこれで帰らせてもらう」

そうして俺は今度こそ、リーンと他の皆に別れを告げて城を後にし、公衆浴場で一日の汗を流そうと帰り道を急ぐ――――そのつもりだったのだが。

「話がある。すまないが私についてきてほしい」

途中でリーンの家臣イネスに呼び止められ、ついていくことにした。

……正直、あまりいい予感はしなかったのだが。

10　神盾イネス

イネスの後について行くと屋敷の中の広場のような場所に案内された。

俺たち以外の人の姿は見えない。

イネスは辺りを見回し立ち止まると俺に向かってまっすぐに顔を向け、頭を下げた。

『……まずは、こちらの非礼を詫びさせて欲しい。先程までの私の態度は、リンネブルグ様の恩人に対するものではなかった。品定めするような目を向けて、不快な思いもした事だろう。どうか許して貰いたい』

てっきりさっきまでの言動を怒られでもするのかと思っていたが……。

逆に謝られるとは。

「いや、俺は気にしていないぞ。そんなに気にしないでくれ」

俺の言動への彼女の反応は少し気がかりだったが、それも俺がきっと何か無礼を働いていたからのような気がするし。

こちらの文化はまだ、よく分からないのだ。

むしろ、何がダメなのか教えてもらえると嬉しいのだが……。

「そんな風にする程のことをされた覚えもない。いいから顔を上げてくれ」

俺の言葉にイネスはゆっくりと姿勢を正した。

「……そうか。謝罪の受入れに感謝する。非礼は重ねて詫びよう。だが、我らの仕事はクレイス家の人間を全ての危険から守ることなのだ。それが何よりも優先される。客人をもてなすような気配りは後回しになるのは理解して頂きたい」

家の人間を危険から守ること？

そういえば、彼女はメイド服のようなスカートの上に、重そうな鎧を着ているし、家事をやるのにはどう考えても不向きだと思っていた。

ということはつまり――

「そうか……やはり君は、メイドじゃなかったのか」

俺がそう訊ねると、彼女は目をぱちくりさせた。

「……そういえば自己紹介もまだだったな。私はイネス・ハーネス。クレイス家直属の【戦士兵団】に所属し、副団長を務めている」

やはりメイドさんではなかったらしい。

しかも、何かの副団長だという。

なんだかよく分からないが……とても凄そうな感じだ。

「また、幼少より【神盾】の二つ名を頂き、リンネブルグ様の『盾』の役目を仰せつかっている。今は訳あってその任を離れているが————本来、リンネブルグ様を身を挺して守るのは、私の役日だったのだ。それを貴方が代わりに果たしてくれた。それについては、本当に感謝しかない」

そして、彼女は俺の目を真っ直ぐに見て言った。

「リンネブルグ様は私の命に代えてもお守りしなければならないお方。その命を救ってくれた御仁となれば私の命を救ってくれたも同然だ。心からの感謝の意を示したい」

イネスは再び片手を銀の胸当ての上に置き、小さく礼をした。

大きな動きではないが、静かに頭を下げた彼女からは誠意のようなものが感じられた。

リーンのことが命より大事と言ったのは本当のことのようだった。

「これから先、私は出来うる限り貴方の力になろう。助けが必要なら、言ってくれ」

本当に大袈裟だな。

俺などは牛が暴れている現場に居合わせただけだというのに。

だが、ここはしっかり気持ちだけは受け取っておこう。

でないと、また何を押し付けられるか分からないからな。

「ああ、何かあれば頼らせてもらおう」

俺の答えにイネスは少し優しい笑みを見せたが、またすぐに厳しい表情に戻った。

「だが――一応、忠告はしておく。まだ我々家臣は貴方の全てを認めたわけではない。先ほどまでの態度――リンネブルグ様は許されているようだが、謁見の間での貴方の言動は目に余る。あれ程馴れ馴れしい態度は本来、許されるものではない」

なるほど。

彼女が俺になんだか厳しい視線を投げていた理由は、なんとなく分かった。

「今回はまだいい。だが、今後、またこのようなことが二度三度と続けば、見逃されている無礼も、見逃されなくなる。特に他の家臣が多くいる前ではやめておいた方がいい」

そういう文化は、やはり言ってもらわないと分からないな。

「ああ、忠告感謝する」

「そういうことを外部の者に忠告しておくのは、私たち家臣の役目だからな……それだけは言っておかなければと思っていたのだ」

まさか……わざわざ、そんなことを言うために呼び止めたのか？

本当に律儀なものだな、この家の人間は。

「それと、私も恩人の名前は覚えておきたい。良ければ名を教えて貰っても良いだろうか」

そう言ってイネスはまた顔を少し綻ばせた。

そういえば、まだ名前は教えていなかったな。

今日はなんだか、よく名前を聞かれる日だ。

「俺か。ノールだ」

「……ノール……？」

イネスの顔から、途端に笑みが消えた。

「……もしかして、何か気に障ったか？」

「いや……すまない、こちらの話だ。私はここで失礼させてもらう」

イネスはこちらに顔を見せないまま、早足で歩いてどこかへ行ってしまった。


……なんだろう。

急に気分でも悪くなったのだろうか。

だがこれで、ようやく帰って一風呂浴びることができる——と思っていたのだが。

またしても背後から声を掛けられた。


「お、もう帰るのか？　その前に、ちょっと俺に付き合ってくれよ——噂の英雄様の実力を、是非とも見せて欲しいと思ってね」

槍を持った男が暗がりから現れた。

さっきから、姿は見えなかったが俺たちの近くにいたのは感じていた。

確か彼の名前は、ギル……？

いや違うな……。

……そうだ、アルバート。

この男はこの家に雇われている兵士なのだろう。

彼からは一見、只者ではない雰囲気が感じられる。

彼は一体、何に付き合えというのだろう。


「付き合うとは何にだ？」

「まあ、言ってみりゃ実戦形式の訓練、模擬戦だな」

「模擬戦か……？　そんなものに、俺が交じってもいいのか？」

「ああ。面白そうだしな」

「それなら是非とも、やりたいな」


彼がどんな訓練をしているのかも気になるし、むしろ、こちらからお願いしたいぐらいのことだ。

今日は街中の牛と戦ったりして少し疲れたが、しばらく歩いたり話したりしていたので【ローヒール】で体の疲労はだいぶ回復している。

まあ、万全とはいかないし、そんな状態で俺がどれほど彼の相手になるかは分からないが……いい機会だし、彼の胸を借りるつもりで挑もう。

「……お、意外に乗り気だな？　練兵場はこっちだ。ついてきな」

そうして俺は槍の男、アルバート……いや、違った。

ハルバートの後を追い、練兵場へと向かった。

11　槍聖ギルバート

連れてこられた練兵場にはまだまばらに人がいた。

リーンの家に雇われている兵士たちだろうか。

こんな夜ふけまで訓練に励んでいる。

熱心なことだ。

仕事が終わった後に体を動かしにきている人もいるのだろうか。

そう考えると俺も今は似たような生活をしているし、親近感が湧く。


「模擬戦には……あの辺がちょうどいいな」

槍の男はそこに居た兵士に声をかけ、先端が木で出来た訓練用の槍を借りた。

俺も入り口で木剣を貸してもらった。

一応、もらった黒い剣も持っているが、取り敢えず模擬戦なのだし木剣を使えばいいだろう。

そうして、ギル……いや、ハル……いや……アル……？

とにかくなんとかバートは訓練用の木槍を構えた。

「これでもちっとは王都では名が通ってるんだ――――英雄様の実力を計らせてくれよ」

「ああ、こちらこそよろしく頼む」

「じゃあ、行くぜ」


さっそく、実戦形式の訓練が始まった。

途端に槍を持つ男の雰囲気が変わった。

最初に出会った時のような鋭い眼光を放ち、俺へとまっすぐに向かってくる。

身体の動きも緩から急へ――――見事な変化だ。

これだけでも彼が只者ではないことを窺わせる。

繰り出されるのは鋭利な突き。

洗練された型は美しく、並々ならぬ鍛錬の積み重ねが垣間見える。

俺はそれに見惚れながら、彼の攻撃を躱《かわ》した。

だが、違和感がある。

――――遅い。

いや、違う。

彼はかなり、手加減をしてくれているようだった。

既に俺の実力を見抜き、気を使ってくれているのだろうか。

「気を使ってくれているのは分かるが――――そこまで手を抜かなくてもいいぞ？　それぐらいだったら俺でも、目をつぶっていても躱せるからな」

「……何？　……そうか。そいつは悪かったな。じゃあ――――これくらいでどうだ」

すると、男の動きは前より格段に速くなった。

動きに無駄がなくなり、流れる水のように、槍が俺の胸元に迫ってくる。

見惚れるぐらいに美しい、流麗な型。


……だが、まだ違和感がある。

やっぱり、まだ遅すぎる。

今度はまあ、目を瞑っても避けられるという感じではなくなったが、まだまだ集中をしなくとも躱す事のできるレベルだ。

「いや、まだ大丈夫だな。もっと速くしてもらってもいいぞ」

「――――そうかよ」

そうして更に男の雰囲気が変わった。

眼光は俺を射貫くように鋭くなり、殺気とも取れる凄みを全身から放っている。

それはまるで達人の佇まいのようだった。
槍はまるで躍るように空中を駆け、生き物のようにうねり、巧みにフェイントを使い分け俺の死角を射貫くように突いてくる。

だが————まだまだ、遅く感じる。
さっきより多少速くはなったが、避けられないほどではない。
それどころか、時折、敢《あ》えてこちらに隙を見せて攻撃を誘っているかのようだった。
彼が突きを繰り出し、俺が躱した瞬間は完全に無防備になっている。
その背中は構わず打ってこい————俺にそう言っているようにしか思えなかった。

いや、だが————本当に、そうだろうか。
これがもし、彼の本気で、実力だとすると？
そんなこと、あり得るのだろうか。
でも、もしかしたら。
もしそうだとしたら、俺は実は少しは強くなっているのかもしれない。
俺がそんなことを思い浮かべたその瞬間————

「竜滅極閃衝《ドラググレイヴ》」

男の威圧感が爆発的に高まり、姿が一瞬ブレた。

そう思った瞬間、俺は彼の姿を見失った。

気づけば、眼前に迫る槍の切っ先が見えた。


それまでの間、全く何が起きたのか、わからなかった。

そして、ようやく気がついた。

先ほどまでの、妙にゆっくりとした動作。

あの緩慢に見えた動作は全て、緩慢な動作に慣れさせる為の予備動作でしかなく――この速い一撃のための布石だったのだ。

俺が驚愕に怯んでいる間にも、槍は俺の喉元にまっすぐに向かってくる。


途轍もない、速さ。

これなら訓練用の木製の槍といえど、岩ですら貫ける。

もし、人の喉に突き刺されば首ごと吹き飛ばすぐらいの威力はあるだろう。

それぐらい、俺にでもわかる。

つまり、俺はこれを避けなければ――――確実に、死ぬ。

己の過ちを悟った瞬間、俺は全身全霊、瞬時に全力の【身体強化】、そして【しのびあし】を使い、その切っ先から逃れた。

幸いなことに、槍の切っ先が俺の喉元に届く前に俺は男の背後に移動することができた。

「――――今のは危なかったな」

俺は思わず、ため息をついた。

そうして振り返り、無言で槍を持ったまま俺に背を向ける男の姿を眺めた。

本当に危なかった。

あれに当たれば俺は死んでいた。

――――この男。

本当に自分を殺す気で来たのだろうか？

いや、それは違うのだろう。

最初から、彼は俺との実力差を見抜いていたのだと思う。
だからこそ、あの緩慢な攻撃だったのだ。
彼はそこで俺の実力を見極め――――俺の慢心を見抜いた瞬間、避けられるギリギリの速度を見極め突いてきたように思える。
現に俺は槍が当たる直前で気がつき、避けることが出来たのだ。

――――考えてみると、そうとしか思えなかった。

今、男は俺の前で無防備な背中を晒しているようにも見える。
だがそれすらも、おそらく先程までと同じで、俺が調子に乗って背後から攻めでもしようものなら、返り討ちに遭わせようと神経を尖らせているのだろう。

つまり彼は、こう言いたいのだ。

――――『牛を倒したぐらいで調子にのるな』と。

慢心は即、死に繋がると、わざわざ呼び止めてまで俺に警告をしてくれたのだ。

「――――わかった。俺の負けだ」
勝ち負けを語ることすら恥ずかしいが、そう言うしかない。

彼には己の慢心を、あっという間に見抜かれ、実力の差を見せつけられたのだ。

ここまでして俺の欠点を教えてくれるとは。

イネスも、この男もなんて心優しい人物なのだろう。

「……もう、わかった。これ以上続ける意味はないだろう」

「な、なんだと？　一体、何がわかったって……？」

「ああ、もういい。これで十分だ」

「いや、待て。まだ俺はお前に――――」

彼はなおも俺に教えてくれようとしているらしかったが――――だが、十分にわかった。

そして、心に刻んだ。

――――俺はまだまだ、弱いのだと。


「また次に会えるのを楽しみにしている」

いつか、その時には彼に本気で向き合ってもらえるように。

今日も疲れたから、早く風呂に入って眠りたいなどと――――俺はどうかしていたらしい。

俺はあまりに快適な暮らしに慣れすぎて、いつのまにか緩んでいたようだ。

彼は、そんな根本的なことも教えてくれたのだ。

より一層、鍛えなければ――――

新たな決意を胸に、俺はその場を後にした。

◇

王女が深淵の魔物『ミノタウロス』に襲撃された。

だが、その『ミノタウロス』を一人で屠《ほふ》った男がいる。

【槍聖】ギルバートはその報《しら》せを耳にした時、胸が躍った。

王宮の皆が王女の無事に安堵し、襲撃を仕掛けた犯人に心の底から憤る中、ギルバートだけは全く別のことにばかり気を取られていた。

ミノタウロスをたった一人で倒したという、その男。

そいつはどんな奴なのだろうと興味を持った。

そんなに強い奴だったら、もしかして野心に燃える面白い奴かも知れない。

どんな奴か見てみたい――――会ってみたい。

ギルバートがそう思っていると、男はすぐに向こうの方からやってきた。

リンネブルグ王女に連れられ、事件の当日に彼の前に姿を現したのだ。

ギルバートは興味を抑えられなかった。

男が謁見の間に招かれ、王と対話している最中も、その男の様子を窺い、実力の程度を見抜こうと躍起になっていた。

英雄と言っていいほどの武勲を挙げた男。

あのクレイス王に、会ってどんな男か確かめたいとまで言わしめた男。

それはどんな人物なのだろう。やはり力に貪欲な自分のような人間なのではないかと期待し、興味を持って観察していた。


だが、その男は意外なほどに謙虚だった。

金も、土地も、屋敷も、栄誉も――普通の人間なら目が眩《くら》むであろう財宝の山を王から提示されながら、何も欲しがらなかった。

男の言葉は粗野ではあったが物腰も堂々としていて、孤児から身を起こしたギルバートから見ても嫌な部分は見当たらなかった。

男の雰囲気は意外なほどに大人しかった。

年齢としては自分とそう変わらない。

背格好で言えば自分より少し高くて体格は良く、弱そうには見えないが特に覇気があるわけでもない。

とても一人で『ミノタウロス』を殺せるような迫力は感じなかった。


――この男は本当に強いのだろうか。

実物を見て、ギルバートはそんな疑問を持った。


ギルバート自身は、とにかく強い。

そう自負していた。

少なくとも、世界最強クラスの称号――【剣聖】に並ぶ【槍聖】を若くして与えられ、王国最強の一角として数えられる程度には。

【恩寵《ギフト》】持ちの【神盾】イネスといった例外を除いては、彼は孤児という境遇から最年少で今の役職にまで上り詰めた、王都六兵団きっての最速の出世者だった。

彼と肩を並べる存在はおらず、訓練も彼独自のメニューを独りでこなすしかなく、時折、伝説的な【千剣】の異名を持つ師匠【剣聖】シグの手ほどきを受けて経験の差を思い知る以外は、彼が壁と感じるものはなかったし、そのシグですら、彼はいずれ超えられる目標と感じていた。
【恩寵】持ちで、【六聖】皆が現時点での戦力としては『王国最高』と認めるイネスですら、彼には模擬戦では一勝もできていない。

ギルバート自身はそれを当然のことと受けとっていた。
彼女は役割が違う。
ギルバート自身、彼女が本当は強いということは知っている。
彼女が本当に力を出し切れば、この王都ごと滅ぼすのも容易い。
それだけに、彼女との本気での模擬戦など許されない。
それぐらいのことはわかっている。

だから、つまらなかった。
彼女とは全力で戦うことができないし、強さの種類が違うのだ。
そんなものを相手にしても、面白いわけではない。
ギルバートが求めているのはもっと別の何かを持った相手だった。

そんな状況で彼の隣に並ぶ者はいなかった。

自分の競争相手がどこにもいない。

いつまでも続くそんな状況に、ギルバートは退屈していた。


――つまらない。どいつもこいつも、弱すぎる。

だから、相手が欲しかったのだ。

自分と同じくらいの年齢で、実力が拮抗し、対等に物を言える相手が欲しい。

そんなことはただの我儘だと知りつつも、心の何処かでそんな人間をいつも探していた。


そんな時に現れたのが、その謎の男だった。

その男は強いという。

あの『ミノタウロス』を倒したというのなら、途轍もなく強い筈だ。

この男ならば自分と対等に渡り合えるぐらいの実力はあるかもしれない。

――折角目の前にいるのだ、自らの手で確かめてやろう。

そう思って模擬戦と称して勝負をけしかけたのだが。

男は意外にも素直に乗ってきた。

そして、すぐに勝負は始まり、ギルバートは全力で向かっていった。

だが、いくらこちらから仕掛けても、向こうは攻撃をしてこない。

どういう事かとギルバートが不可解に思っていると、

「気を使ってくれているのは分かるが――そこまで手を抜かなくてもいいぞ？　それぐらいだったら俺でも、目をつぶっていても躱せるからな」

お前の槍は目をつぶっていても躱せる、と。目の前の男はそう言った。

ギルバートは目の前の温厚そうな男に侮辱されていると感じながらも、自分の頭に上った血がとても心地よく感じた。

こんな事は初めてのことだった。

普通はギルバートの本領を発揮するずっと前に片がついてしまう。

だから、ギルバート自身、知らず知らずのうちに手を抜いてしまったのかもしれないと、少し冷静になって槍を構え直した。

――今、そんなつもりはなかったのだが。

「……何？　……そうか。そいつは悪かったな。じゃあ――これくらいでどうだ」

こいつは確かに強い。ギルバートは意識を切り替えた。

そして今度は一切の迷いを捨て、全力で相手に襲い掛かった。

そうして繰り出した槍撃は、自身でも驚くほどに激しいものだった。

自分が今までで自己最速と言っていいほど、キレのある連撃を繰り出せているのを感じ、そうか、確かに俺は手を抜いていたのかもしれない、とギルバートは納得した。

ここまで小気味の良い調子で槍を振るうのは初めてのことだった。


――なのに。どういうことだ。

相手の体には、ギルバートの槍がかする気配もない。

それどころか相手は手にした木剣を使おうともしていない。

冷静に槍の軌道を見極めながら、最小限としか思えないわずかな動きだけで避けているように見える。

まるで、自分が繰り出す槍が止まっているように感じ、全てが見えているかのような正確極まりない足運び。


一方でギルバートは限界まで力を振り絞っていた。

いや、既に限界以上の動きをしていると、ギルバートは感じていた。

それでも、この男に自分の槍が届かないのだ。

ただの一撃すら与えられていない。

こんな事は初めてだった。

そして目の前の男はこう言った。

「いや、まだ大丈夫だな。もっと速くしてもらってもいいぞ」

「――――そうかよ」

いいぜ、それなら――――と、ギルバートは心の中で嗤った。


彼の中で、何かが切れた。

――――お望み通り全力で行ってやるよ。


「竜滅極閃衝《ドラググレイヴ》」

それは稲妻のような速さで舞う雷竜《サンダードラゴン》をも仕留めた、ギルバートの手札の中でも最強の一撃だった。

音を置き去りにする必殺の槍撃。

放てば、必ず相手は死ぬ。

故に人に放つのは初めてだった。

放ってはいけない技の筈だった。

――――だが。
ギルバートの身体から、即座にその技が放たれた。
考えてやったことではない。
身体が、自然に選択した。
極限まで鍛え抜かれ、研ぎ澄まされた戦闘の直感が考えるよりも疾く判断した。

――――これ以外では、この男には届かない。
自分の槍は決して届くことがない、と。
ギルバートが気がついた時には、既に槍の切っ先が男の喉元に届こうとしていた。
自らの意識すら追いつかない程の、最速の一撃。
これがあの男の喉元に届けば、相手は死ぬ。
その時、ギルバートの頭にあったのは後悔ではなかった。

――――良かった、届く。
ああ、もう少しで自分の槍があの男に届く。
届いてくれる。
瞬きよりもはるかに短い刹那、ギルバートの頭に浮かんだのはそれだけだった。

ギルバートの槍が男の喉元に突き刺さり、貫通した。
そう思った瞬間、男の姿は幻のように消えた。
そして、気づいた時には男はギルバートの後ろに立っていた。
まるで何が起きたのか分からなかった。
ただ、呆然とするしかなかった。
だが失望するより先にギルバートはある異変に気がついた。
見れば、石畳の床に亀裂が走り、大きく陥没していた。
そこは先ほどまで男が立っていた場所だった。

――いつの間に、あんなものが。
さっきまで、こんな地割れはなかった。
何が起きたのかは全くわからない。
だが状況から、因果関係はわかる。
おそらく、この床はあの男が何かしたせいでこうなったのだ。
振り返ると、所々に粉々に砕けた石畳が見える。
そこには相当の衝撃が与えられたはずだ。

だというのに、何の音も震動もしなかった。

いったい、なんなのだこれは――――？


「――――参った。おれの負けだ」

ギルバートがひたすらに困惑していると、突然、背後に立つ男はそう言った。

「もう、わかった。これ以上続ける意味はないだろう」

「な、なんだと？　一体、何がわかったって……？」

「ああ、もういい。これで十分だ」

「いや、待て。まだ俺はお前に――――」


内容的には、どう考えてもギルバートの完敗だった。

ギルバートにとって、真っ向勝負での初めての完膚無きまでの敗北。

だが、この男は「自分の負けだ」という。

この男はわざと「負けた」のだ。

練兵場には、まだ訓練のために残っている自分の部下たちもいる。

その視線に対する配慮。

負けた上に、気を遣われた。

そのまま、男は静かに練兵場の出口に向かって歩き出し――

すれ違いざまに言った。


「また次に会えるのを楽しみにしている」

立ち尽くすだけのギルバートに、それだけ言うと、男は振り返りもせずに帰っていった。

練兵場に取り残されたギルバートは、初めての敗北感に打ち震えていた。

情けをかけられて勝負を放棄されるという、武を生業とする者にとってこの上ない屈辱。


だが――それ以上に歓喜していた。

己の目標となる人物が新たに出現したことに。

気づけば【槍聖】ギルバートは獰猛《どうもう》な笑みを浮かべ、誰にともなく囁いていた。

「そうだな。これからは、楽しくなりそうだ」

12　王女の願い

あれから俺はいつもより多めに鍛錬をしてから、浴場に寄って宿で休み、朝目覚めるといつものように『ドブさらい』の現場に向かった。

今日はステラおばさんの家の周辺ではなく、少し離れた場所で、依頼者も別だ。

俺がステラおばさんの家の周りの側溝を綺麗にしていたところ、その仕事を見た別の人が冒険者ギルドに依頼をくれたのだ。

依頼をこなし続けていると、そういう人がだんだんと増えてきている。ありがたいことだ。

そういうわけで、俺は毎日、色んな所を回って掃除をしている。

もう日課のようなものだ。

今日は、昨日リーンのお父さんから貰ったあの重たい黒い剣があったので『ドブさらい』の仕事の時に持っていった。

なかなか落ちない側溝の底にこびりついた頑固な汚れを削り落とすのに使ったのだが、この黒い剣は驚くほどに便利だった。

いつもは工事現場でもらってきた木片を使ってこそぎ落とすのだが、これからはもうその必要はないだろう。

この剣を使えば、びっくりするほど綺麗に汚れが落ちるのだから。

角度や力加減を間違うと、石で作られた側溝自体が削れてしまうので注意が必要だが、この剣はリーンのお父さんが言ったようにとても頑丈だ。

いくら使っても少しも傷がつく気配がない。

まあ、もともとボロボロだから気にならないだけなのかもしれないが……。

とにかく、とてもいいものを貰った。

と、そこまでは順調だったのだが、『土運び』の工事現場の近くで色々な事件が起きた為、調査をするという事で衛兵がたくさん集まっていて、とても工事を続けられる状況ではない、ということで『土運び』の仕事は中止になった。

そういうわけで、ほとんど丸一日する事がなくなってしまった。


「さて……今日はこれからどうするか」

俺は郊外の森に来て、何をしようか考えていた。

別に冒険者ランクが『Fランク』だからといって、街の外に出られないわけではない。

依頼が受けられないだけなのだ。

ここは俺が王都に来てから日頃鍛錬に使っている森だ。

なんとなく、空気が俺の住んでいた山と似ているし、適度に王都から離れていて人目につかない。

動きまわるのに都合のいいひらけた場所も、木剣を吊るせるような大きな木もある。

何よりここは、少し切り立った崖の上にあるので、周囲が見渡せて風景がいい。

だから、気に入って使っている。

山から降りてきた当初はここで寝泊まりもしていたのだが、やはり屋根や壁がないと色々不便で、今は王都の端の方の宿屋に泊まっている。

部屋はそれほど大きくないが、外に出ているうちに宿屋のおばさんがベッドのシーツを取り替えてくれるし、衣類を預けておけば洗濯もしてくれる。

冒険者ギルドのおじさんには良い宿を紹介してもらったと思う。


「今日はこなすべき依頼もないし、いつものメニューをたくさんこなすか」

そう思って、早速もらった重たい剣を振ろうと思って構えたのだが――

近くの茂みから、ふと、何かの気配がした。

動物だろうか。

いや、ここは鳥や小動物が多少はいるが、こんな物音を立てるほどの動物となると、珍しい。

……足音からすると、人だな。

誰だろうと思って物音のする方向を見ていると、木々の間から、見覚えのある人物が顔を見せた。

「リーンか……？　どうしてここに」

「ノール様、おはようございます……突然、すみません。ギルドのマスターに今日はここにいるだろうと伺って……ご迷惑でしたか？」

「いや、別に迷惑ということもないが、どうやってここまで……？」

ここは切り立った崖の上だ。

山育ちの俺は特に登るのは問題がないが、あまり来やすいところではない。

ギルドのおじさんにもこの場所のことは言ってあるが、詳しい位置までは教えていないし……。

そういえば、彼女はスキルで他人の居場所がわかるんだったな。

人の後をつけるのは、いくらスキルが使えるからといって、あまり褒められたものじゃないと思うが……。

「なぜ、俺をまた追いかけて来るんだ？　もう用事は昨日で終わったものだと思っていたが」

「はい、昨日は本当に有難うございました。今日は別件でお願いに上がりました」

「お願い？」

「父が話していた件ですが……改めて、私からもお願いをしたいのです」

「なんだ、それは？」

……リーンのお父さんが話していた……？

なんだったか、それは。

「私を、ノール様の『従者』にしていただきたいのです」

「……何だ、従者というのは？」

そんな話は昨日、出なかった気がするが。

「従者というのは身の周りのお世話をさせていただきつつ、技術や知識の教えを請う、という立場の者です。言ってみれば、魔術研究機関等における『助手』――或いは職人徒弟制度の弟子入りに近いものでしょうか。お側に置かせていただけるだけで十分です。ご迷惑はおかけしないようにしますので、是非ともお許しをいただければ――」

そう言ってリーンは胸に手を当てて、静かに頭を下げた。

この動作は昨日、なんども見た気がする。

これがこの街の、心から何かを伝えたりするときの動作なのだろう。

そういうのは、なかなか好感が持てる。

だが――。

「断る」

「えっ」

彼女は俺に断られるとは思っていなかったのだろう。

一瞬、焦った表情で俺を見た。

……というか、なんで断られないと思っていたのだろうか。

「や、やはり昨日、何かお気に召さないことでも――――？　そ、それともやはり、私のような若輩者では頼りなく思われますか？　き、昨日は、確かにお恥ずかしいところをお見せしましたが、私もお側に置いていただければ、きっと何かの役に立つと思います。これでも六系統の王都訓練所を全て歴代最高の成績で――――」

「いや、そうじゃない」

別に彼女のことがどうとか、そう言う話じゃない。

今は日々の仕事と自分を強くすることで精一杯だし、そもそも俺が誰かを弟子にするなど、ちょっと考えられない。

「いっておくが、俺が君に教えられることなど何もないぞ？　それに、俺は君に俺の役に立ってもらおうなどとは考えない。自分のことは自分でできるからな」

一人での暮らしが長かったので、生活に関することは大体自分でできる。

洗濯だけは宿のおばさんにお願いしているが、今はそれぐらいで満足しているし、これ以上必要ないと思う。

「で、では、指導料として当家から十分な謝礼をお渡ししますので、是非とも――――」

「いや、別にそういうのはいらない」

「そ、それなら、私を好きなように使って頂いても構いません。冒険者ギルドの依頼の補助や雑務などなんでも――――」

「それも必要ない」

「で、では――――！」

「……いや、多分それもいらないぞ」

「……っ!!」

彼女の顔はだんだんと紅く染まり、目には涙が溜まっている。

本当に断られると思っていなかったのだろう。

でも、何と言ってもいらないものはいらないし、できない事はできない。

「か、必ず、お役に立ってみせますから……！　私がなにかの役に立つと言うことを、信じていただけませんか？　で、では、少し失礼して――――！」

彼女は涙目になりながら、携帯していた青白い宝石の埋め込まれた杖を、両手で顔の前に掲げた。

「【氷塊舞踊《アイシクルダンス》】」

瞬時に辺りの空気が凍てつくように冷え、空中に数十の氷の塊が出現した。

その一つ一つが人一人ぐらいの大きさで、先端が鋭く尖っている。

まるで鋭利な刃物のようだ。

そしてほぼ、出現したと同時に物凄い勢いで落下した。

落ちる先はその真下にいる、リーンだ。

「――【滅閃極炎《ヘルフレア》】」

あぶない、と思ったが、彼女がスッと片手を掲げると、手のひらから勢い良く炎が発された。

それは見る間に大きくなり、リーンに向けて落下してきた数十の氷の刃は一瞬で飲み込まれ、蒸発した。

彼女の上に掲げられているのは、家一軒丸ごと飲み込めそうな巨大な灼熱の炎の塊だった。

そこにあるだけで辺り一面が焼けるような凄まじい熱だったが、彼女が手を軽く振ると炎の塊は何事も無かったかのように掻き消えた。

「これが、私の使える最高位の魔術スキルの一つ、【滅閃極炎《ヘルフレア》】です。そして――」

呆気にとられる俺の前で、彼女は手慣れた動作で小ぶりな杖を腰のベルトに取り付け、替わりに腰に取り付けていた黒い鞘から金色の短刀を抜き、静かに振るった。

「【朧刀《おぼろがたな》】」

彼女の背後にあった一本の大きな木が音もなく横に滑り、倒れた。

「これは、【盗賊《シーフ》】系統の奥義です。【隠聖】の教官より伝授していただきました――そして」

彼女は素早い動きで短刀を仕舞うと、背中から一本の長い剣を取り出し、両手で構え、まっすぐ横に振った。

「【聖光閃《ディバインスラッシュ》】」

彼女の持つ剣が閃光を放ち、倒れた巨木を真横に切り裂き、その切り口が蒼白い炎で覆われた。

「今のは【剣士《ソードマン》】の聖級スキル【聖光閃《ディバインスラッシュ》】です。アンデッドに特に効果の高い、特殊な技で、そして――」

「いや、もういい、十分だ」

俺は静かに首を振りながら、次々にすごいスキルを見せてくるリーンを止めた。

ここまでしてもらえば、もう十分にわかる。

彼女はとても才能に溢れていてとても優秀なのだ。

比べて自分が情けなくなるほど、よくわかった。

と言うか、やっぱりこれならあの牛ぐらい簡単に倒せたのでは？

「で、では……！　弟子入りの許可を――？」

何故か彼女は期待の表情で俺を見ていたのだが。

「ダメだ。ますます君に教えることなど何もない」

俺が再び断ると、リーンは驚愕の表情を浮かべた。

……なんでだ。

ここまで彼女の凄さを見せつけられたら、ますます俺が教えられることなど何もないだろうに。

「わ、私は……！　これでも、【六聖】の教官に力を認めていただいていますし、お側に置いていただければ多少の役には立つはずです……！　ま、まだまだ、ノール様の足下にも及ばないとは思いますが、どうか────」

「君が優秀なのは見ればわかる。だが────」

どういうわけか知らないが、俺が教えを請う価値のあるほどの人物だと誤解しているらしい。

何をどう勘違いすれば、そういうことになるのだろう……？

分かってもらいたいが、俺はあまり説明は得意ではない。

実際に示して納得してもらうのが一番だろう。

「君はさっき、なんだかすごい【スキル】をたくさん見せてくれたが────俺の【スキル】を見てもらおう」

指先に意識を集中し、一気に力を込めると火が出た。

だいたい、握りこぶし大の火だ。

────【プチファイア】。

最初にこのスキルを習得した時、指先に灯ったのは小さなろうそく程度の火だった。

だが、もし鍛錬を続ければ普通の【魔術師】系スキルも身につくかもしれないと思い、俺はその後も空いた時間にひたすら【プチファイア】を練習し続けた。

寝るとき以外は指先に意識を集中し、指先から炎を出し続けた。


その結果が、これだ。

多少、最初より火は大きくなったと思う。

だが、訓練所時代に教官が見せてくれた火を操る攻撃魔術の【火飛弾《ファイアーボール》】は、この十倍ぐらいの大きさだった。

それが最下級の攻撃魔術だと教えられたが、俺のはそれにも遠く及ばない。

リーンがさっき使ったスキルと比べてしまえば、ほとんど無いも同然のスキルだ。

俺がどんなに努力しても、指先に灯るこぶし大の火がせいぜいだった。

もちろん、【火飛弾《ファイアーボール》】のように飛ばすことなんてできない。

これが俺の限界だ。

十五年ほどかけて、ここまでだった。

……煮炊きするには便利で、とても重宝しているのだが。

「これが俺の唯一の【魔術師】系スキル、【プチファイア】だ。他の五系統も、まあ、似たようなものだな。それがどういうことか……君ならわかるな？」

俺が使えるスキルは先ほどこの少女、リーンが見せてくれたスキルとは比べるべくもない。

比べるのが馬鹿らしくなるほどの違い――――歴然とした才能の違いがある。

しかも、彼女が今見せてくれたスキルはどれも、もの凄いものだった。

この歳であれを使いこなすのか。感心のため息しか出てこない。

才能がある人物――――いや、『天才』というのはきっと、こういう子のことを言うのだろうな。
俺がこの子に教えることなど、何もありはしないのだ。

「君に教えることが何もないというのは、そういう事だ」

それだけ言って、俺は指先に灯した【プチファイア】の火を消した。

俺にはモノを教えるどころか、上手く口で説明することさえできない。

こうやって己の恥を見せつけるようにして、納得してもらうしかないのだ。


俺の【プチファイア】を見たリーンは、急に俯いて震え出した。

そして、静かに何かを考え込んでいる様子だった。

でも多分、これで誤解に気がついてくれたのだろう。

「……俺の言いたい事を、分かってくれたか？」

俺が問いかけるとリーンは頷いた。

どうやら先ほどまで躍起になっていた彼女も、少し落ち着いてくれたようだった。

「……はい。とても、よく分かりました…………私の慢心、そして未熟さが」

よかった。彼女はやっと理解してくれ……なに？

……慢心……未熟？　……なんだ、それは。

なんだか俺が思っていたのとはだいぶ違う理解のされ方なのだが。

「――――本当に、仰る通りです。私如きが貴方様の弟子にしてもらいたいなど、本当に烏滸《おこ》がましいにも程がありました。今の私などでは認めていただけないのも当然のこと。ですから――――」

そうして、彼女はそのまま居住まいを正して片手を胸に添え、俺の目を真剣な表情で見つめて言った。

「いつの日か、貴方の弟子と認めてもらえる日が来るまで。……ノール様。いえ、ノール先生。それまで、ずっと貴方の後ろをついて歩かせていただきます」

13 『才能無しの少年』

私は目の前に灯された【プチファイア】の火を見ながら、以前に耳にしたとある物語のことを思い出していた。

王都の養成所で語られている、『才能無し《ノーギフト》の少年』の逸話だ。

それは養成所の教官たちが時折語る、伝説めいた『少年』についての逸話だが、その話は教訓めいた『御伽話』として理解されている。話を聞けば、そんな人間が実際に居るはずなどがない

――皆がそう思うのが当然の話だからだ。

教官たちは言う。

あの過酷なことで知られる王都の『養成所』の教練課程を【六系統】全て、それも満期で乗り越えられる人間が、かつて一人いたのだと。

十五年前のとある日、何の前触れもなく王都を訪れた少年によって、その偉業は成されたという。

でも、誰もがその話に大きな違和感を覚える。

そんな少年など、いる筈がないと。

実際の訓練所の様子を知る十人中、十人がそう考える。


各職業のエキスパート【六聖】が開発した、スキルの発現を促す教程《カリキュラム》は厳しい。

地獄の教練とさえ呼ばれる過酷な教程《カリキュラム》を一週間……いや、三日耐え切れる者でさえ稀だ。

多くの者は三日と経たずに養成所を去るが、それだけの短い期間でも一つか二つは『スキル』を身につけて帰る。


――――厳しいだけあって、見返りも甚大。

大半がすぐに有用スキルを身につけて養成所を後にする。

でも、一度そこを体験した者は二度とそこに近づきたいとさえ思わなくなる。

あそこは決して長くいていいような場所ではないし、長くいられるような場所でもない。

一週間を超えたあたりから、それ以後の教練課程は、あらゆる過剰な負荷をかけ続けてスキルの発現を促すという試練になる。

それはより高次のスキルの発現を求める者だけが行う、より厳しい教程だが、それは極限状況でどこまで耐えられるかという試練であって、そもそも乗り切ることなど一切想定されていない。


私もかなり粘った方だが、二週間が限界だった。

王族ということで特別に幼少期から教官たちに手ほどきを受けていて、予備知識もあり、ある程度の下準備があっても、それがやっとだった。

それほどに過酷な試練を課す場所なのだ。


――そんな場所に三ヶ月間も？

まして、それを乗り越えられる「子供」など存在するはずがない。

あの教練課程を体験した者の全員が抱く感想だった。

私も自らそこを体験したからこそ余計にそう思う。


想像もできない。

話の中の少年は養成所の試練を受け始めた当時の私と同じ、十二歳だったという話だ。

そんな年齢の少年が六種全ての職系統できっちり、三ヶ月全ての課程をこなしたというのだ。

あり得ない。きっと誰だって、そう思う。

でも、その少年に関しては、他にももっと信じがたい話がいくつもあった。

驚くべきことに、その少年はそれだけの試練を経ても尚、彼が目指していた『冒険者』に有用とされるスキルを、一つも身につけることが出来ずに、全ての訓練所で該当する【職業《クラス》】への「適性なし」を言い渡され、少年は【僧侶《クレリック》】の訓練所を出たのを最後に消息を絶った。

その後、その少年の足取りを追えた者は誰もいなかったという。


――そんなことも、あるとは思えない。


その後の情報を全く得られない、というのも不思議なことだった。

【盗賊】系統職のマスター、【隠聖】のカルー先生がその気になれば、王国内の全ての領地内の【人物探知】も可能なはずだ。

その気でやれば、カルー先生がこの大陸の中にいる人物で見つけられない人間などほぼいない。

でも、彼が見つけられない、というのはどういうことだろう。

……そんなことが、本当にあるのだろうか？


全てが現実離れしている。

世界でも超一流と言われる教官たち全員がその少年のことを気にかけ、その少年がいなくなったと知った後に、ありとあらゆる手段を使って全力で捜し回ったというのに、何年経っても彼の情報の断片すら摑めなかったという。


そもそも、あのそれぞれに癖の強い教官たち全員が認めて捜し回るような人間など、本当にいるのだろうか？

私も六人の教官から優秀の評価を得られたが、それも王族という立場があり、お目こぼしも含めてのことだろう。

私の場合は単純に【スキル】の数を誰よりも多く取得したという、わかりやすい実績があったおかげでもあると思う。


でも、話の中の少年は違う。

彼は必死の鍛錬の結果、彼には何一つとして有用スキルが身につかなかったという。

そして教官たちは三ヶ月経ってもまだ訓練を継続しようとする彼を「才能がない」と追い出した。

つまり、そんな優秀な教官全員がまずは一旦見放し、なのに後になって彼を捜し始めたということになる。

彼らがそれだけの人材を前にして見逃すはずはない、と思う。

――――ますます、わけがわからない。

辻褄が合わないことが多すぎる。

教官達はその少年は本当に存在したのだ、と口々に言うが。

少年はどこからかふらりと王都に現れ、またどこかへ消えてしまったという。

それほどの人物なら、どこかで語り草になっていてもおかしくはないのに確たる目撃情報はなく、時折、そういう少年もいたような気がする、という曖昧な記憶の噂があるだけだ。

一時期、教官たちによって目撃されたという話に過ぎないし、教官たちも多くは語らない。

私がその少年のことについてしつこく尋ねると【癒聖】セイン先生はこう答えてくれた。

「信じられないのは私たちも一緒です。でも、いたんですよ。彼は本当にここ、王都にいたんです」

セイン先生の言葉には少し後悔のようなものが感じられたが、それだけしか教えてはくれなかった。

他の教官達もそれ以上のことを決して語ろうとしない。

だから、彼の素性も名前も、具体的な情報は何もない。

――――だからきっと、『才能無し《ノーギフト》の少年』は架空の人物と考えるのが自然。

皆、そんな風に結論づけ、真剣に事実だと受け取る人間はいなかった。

結局のところ、その少年の逸話は訓練を受けようとする者が「才に溺れることがないように」、そして、教官たち自身が「才を見逃すことのないように」という戒めとして、教官たちが口裏を合わせて創作した『教訓めいた御伽話』と捉える者が殆どだったし、私もそう思っていた。

でも――――今、私は思い始めている。

その話はもしかしたら、本当に事実なのではなかったかと。

なぜなら、私の目の前の人物はその少年と同じぐらい現実離れしている存在に思えるからだ。

彼の見せてくれた、普通より大きな火を灯す【プチファイア】。

この魔法は【九魔】とも呼ばれる【魔聖】オーケン先生が私がまだ幼かった頃に魔術の家庭教師をしてくれていた時、見せてくれたことがあった。

オーケン先生は、指先に揺れる火を灯しながら言った。

鍛錬次第では指先に火を灯すだけの最低位のスキル【プチファイア】ですら、こんなに大きく成長させられるのだと。

もっとも、実用性は皆無で二百年以上生きている自分のような暇人だからこういう無駄な研鑽も積めるのだ、とオーケン先生は笑いながら教えてくれた。


その時のことは、よく覚えている。

当時の私でも【プチファイア】は使えたし、その授業の後、私もやってみようと思ったが、火を大きくすることがどうしてもできなかった。

試行錯誤の結果、幼いながら一朝一夕にできるようなことではないのだと理解し、すぐに実現するのは諦めることにした。

それにはオーケン先生が実践したように、きっと気の遠くなるような長い研鑽の時間が必要なことなのだと。


だからこそ驚きに言葉が出なかった。

それは、あまりにも信じられないような光景だったからだ。

目の前の人物の使った【プチファイア】――あれは、あの時オーケン先生が見せてくれたものの、数倍はある。

つまり、この人物は世界最高峰の魔術師である【魔聖】オーケンですら到達し得なかった地点にいることになる。

それもこの人は、量産品の片手剣一本で深淵の魔物【ミノタウロス】を撃退する程の剣技の腕を持つ人物なのだ。


それがいったい、どれ程のことなのか。

彼がこの年齢でどれ程の研鑽を積んだのか私には全く計り知れない。

でも、彼の力量はこの【プチファイア】を見れば明らかだった。

この人はこの若さで――――おそらく、あの【魔聖】オーケンすら凌ぐ魔法の実力を備えているのだ。

そして、私が驚きに震えていると、彼はを【プチファイア】の火を見せながら、私にこう言った。

「これがどういうことか、君ならわかるな?」

と。私はその言葉でハッとした。

私は先程、この人物に何を彼に見せたのだろう?

ただ、覚えたばかりの高位スキルを見せびらかしただけではなかったか。

私はそんな自分を恥じた。

そしてそんな私を前に、目の前の人はこう言った。


「君に何も教えることがないというのは、そういう事だ」


――その瞬間、私は全てを理解した。

私の根本からの考え違いを、この人はたった一言、たった一つの行動で正してくれたのだ。

そして改めて自覚した。

ただ身につけたばかりの高位スキルを連発する私の愚かさを。

そして私は同時に理解した。

やはり、この人だったのだと。

今の私はこの人について行くべきなのだと。

【剣士《ソードマン》】の養成所の教官、【剣聖】シグ先生は初期の教程《カリキュラム》で身につけられる【スキル】全てを三日で習得した私に、こう言った。

『君の才は誰もが認める。

こと才という点においてはこの王都では誰も敵う者は居ないだろう。

だが、この世界には君の『才』には遠く及ばなくとも、それを凌ぐ程の研鑽を積める人物も確かに存在する。

そんな人物には滅多に出会うものではないが……いずれ、君も出会うことがあるかもしれない。

君はそういう人物からこそ学ぶべきだ。

――――そう思って、慢心せずに励め』

その時は、ただの励ましの言葉と受け取っていたのだけれど……。

それはまさしく今、私の目の前にいる、この人のことだったのだと思う。

私はこの人物の途方も無い実力を目の当たりにしている。


この人は、全てを払いのけた。

他国の謀略によって出現し、私を襲った『ミノタウロス』も。

それだけでなく、その討伐の褒賞として提示された財宝も、地位も、名誉でさえ、何をどう提示しても、どれも全ていらない、とはねのけた。

不思議がる私に、父は言った。

『ひと言で言えば、あの人物は強いのだ。力だけでなく精神も。一人でも生きていく強さを持っているから、いらないのだ』


父はその人物になんの前触れもなく、かつて愛用した迷宮遺物『黒い剣』を手渡した。

父が彼に何を見出していたのかはわからない。

でもきっと父も何かを感じたのだ。

私は将来、兄とともにこの国を導く立場にある。

王の血に連なる者は「強くあれ」というのがクレイス王家の唯一の家訓だ。

だったら、私は何よりもこの人の「強さ」を学ばなければならない。

私は今まで、この人ほど強い人を見たことがない。

【剣聖】シグ先生が言っていたように、この人が、まさに今、私が教えを乞うべき人物なのだ。


——私はそれを、やっと理解した。

「はい。とてもよくわかりました――――己の慢心、そして未熟さが」

私はまだ、この人には全く認めてもらえていないのだろう。
きっと、ただの我儘な子供だと思われている。
さっきまでの私の言動を考えれば無理もない。
でも、私は決して諦めない。
この人にちゃんと認めてもらうまで。
そして、私が彼の強さを真に理解するまで。

私の想いは通じないかもしれない。
また突き放されるかもしれない。
でも――――それでも。

「――――本当に、仰る通りです。私如きが貴方様の弟子にしてもらいたいなど、本当に烏滸がましいにも程がありました。
今の私などでは認めていただけないのも当然のこと。

ですから――」

それでも、私は絶対にこの人についていかなければならない。
私はそう、心に決めた。

「いつの日か、貴方の弟子と認めてもらえる日が来るまで――ノール様。いえ、ノール先生。
それまで、ずっと、貴方の後ろをついていかせていただきます」

私の追い求めた答えが――我々クレイス王家が代々求めた、本当の「強さ」が、きっとこの人の中にあるのだから。

14　王子の憂鬱

王子は物憂げに執務室の椅子に腰掛けていた。

考えるべきことは山ほどある。

だが、今は一つのことが気がかりだった。

「父は何を思い、あの素性の知れない男に『黒い剣』を与えたのだ」

考えようによっては宝物殿に眠る迷宮遺物の半分を与えた方が、ずっと良かったかも知れない。

あれらは、長い歴史の中で蓄積されてきたものだが、言い換えれば結局使われなかったものだ。

金銭的な価値はかなりのものがあるが、不要といえば不要なもの。

せいぜいがそこその実用品か、市場で値のつく珍品、美術品の類いだ。

だが、あの『黒い剣』は違う。

「本当に、よりによって――――あの剣か」

父があの男に手渡した『黒い剣』。

あれは、本物の実用性の塊だ。

宝物殿に眠る有象無象の財宝とは全く、価値が違うのだ。


あれは王子が生まれるずっと前、現国王がまだ冒険者として活動していた時代、今の【六聖】メンバーとパーティを組んで『還らずの迷宮』の最奥部に分け入り、数年の歳月をかけた命がけの旅の末に、迷宮の深部から持ち帰ったもの。

王国の長い歴史の中でも指折りの特級遺物――――別名、『壊れずの剣』。


その漆黒の刀身は、聖銀《ミスリル》、王類金属《オリハルコン》、魔鉄《マナメタル》、その他のどんなに硬い金属で傷をつけようと試みても、一切傷がつかなかったという。一度、試しにドワーフ族がオリハルコンの武器を鍛える際に用い、古龍の牙から作られたと伝えられるハンマー『龍牙槌《ドラグニル》』で叩いたらハンマーの方が無惨に砕けた。

材質は全く不明。未知の物質だった。

剣が持ち帰られてからというもの、王国の研究者たちは剣についてのありとあらゆる調査を行った。そして導き出されたのは、既知のどんな技術でもスキルでも、どんな魔法でも、毛筋ほどの傷を作ることさえ不可能――――そういう結論だった。

あの剣より硬い存在など、知られる限りこの世界に存在しない。

世界最硬の鉱物として知られる最硬鉱物《アダマンタイト》でさえ、あれに比べれば柔らかいとすら言える。


そして、何より重大なのがそんな「どんなものでも傷つかない」はずの素材が何故あれだけ傷ついたのかということだ。

あの『黒い剣』には無数の大きな傷がついている。

大きく欠け、陥没している。

その傷の全てに人知の及ばない、とてつもない力が働いたとしか思えない。

王国の学者達が総出で文献を紐解いてみても、手がかりは一切見つけられなかった。

過去、迷宮の最奥部で何があったのか――――そして、迷宮とはなんであったのか。

あれは、その謎に迫る上でも、第一級の遺物。

クレイス王国の『国宝』の最上位に位置するはずのもの。

他国の支配者も涎を垂らしてそれを一目見たいと欲し、また手にしようと莫大な金を積むこともある。


だがそんな要求を、父は今まで悉《ことごと》く断ってきた。

それも当然。あれにはそれだけの『価値』がある。

それを、素性も分からないあの怪しい男に軽々しく手渡すなどと。

本当に気がしれない。


「藁にも縋りたい気持ちはわからないでもない、が――――」

一体、何者なのだ。あの男は。

どうやら、実力は本物らしい。

あのギルバートが模擬戦を申し込み、手も足も出なかったという。

だが問題はあれが本当に味方かどうか、だ。


あの男。

ノール、とかいう全く素性の知れない人物。


どうやら、あの男が妹のことを『ミノタウロス』から救ったというのは本当のことらしかった。

だからこそ、リーンの命の価値に見合うもの、としてあの厳格な父があれを差し出したのも一応の理解は出来る。

だが、妹の恩人とはいえ――――信用するには情報が少なすぎる。

王女が『ミノタウロス』に襲撃されるタイミングで、たまたまその場に居合わせた――――?

不自然な状況で現れ、理不尽な理由で名乗りもせずに去っていった。

英雄譚から抜け出したような常識はずれの強さに加え、一国の王を前にしてあの態度。

粗野で無知と言ってしまえばそれまでだが、国に対する忠誠心の欠片もない。


リーンは、あの男に随分と心酔しているようだ。

状況を考えれば無理もない。

だが、本当に、あの男を、妹《リーン》に近づけていいものか。

『ミノタウロス』を倒せるだけの力がある、ということは、一つ間違えばとてつもない脅威にもなり得るということ。


「信用するに足る材料は少ない、だが――――」

だが、あの父があの男のことを認めたという事実は大きい。

クレイス王国の最高権威者である国王である父。

父の決定は絶対だ。

少なくとも、クレイス家の人間に限っていえば、王に「あの男を信じろ」と言われれば従うしかない。

だが、まだそういう類の命令が下されたわけではない。

王子《じぶん》がまだ、あの男のことを不審に思い、疑念を抱いていることも知っている。

だから、今のところ父もあの男に完全に気を許しているわけではないとは思うのだが。


「――父上は今の状況をわかっているのだろうか」

いや、やはりあの父のことだ。勘づいているのだろう。

この国を覆う不穏な空気を。

それを知りつつ、あの男に『黒い剣』を手渡した。となると――

「一種の保険のようなものか。困難な盤面での、一か八かの打開の一手……それがあの男だと」

そう考えると、先日の不可解な判断にも一応の納得はいく。


おそらく、父はあの男に賭けたのだ。

これから起こる「何か」に対する、保険。

あの男が何者にせよ、あの男はあの剣を振るえる。

そのことに違いはない。


あの怪力で知られる【不死】のダンダルグですら一振りするのに呻き声をあげ、【千剣】のシグは重すぎて振れないと受け取りを拒否し、【六聖】を束ねる全盛期の父ですら、両手で持つのがやっとだった――あの『黒い剣』を。


奴は、片手で振ったのだ。

それにあの男は、あのとてつもない重量がある剣を、まるで普通の剣のように持ち帰った。

誰もあれが世界有数クラスの迷宮遺物だなどとは思わないだろう。

確かに今預けておくには良い場所には違いない。

それは本当に危険な賭けになるが、この際、贅沢は言っていられないというのもわかる。


「――これから、きっと何かが起こる」


周辺国が手引きしていると思われる、最近の王都周辺での不穏な動き。

王都の中心部での『召喚魔術』の発動と、王族《リーン》の命を狙ったあからさまな暗殺作戦《テロ》。

近年になかった大きな動きだったが、おそらく、これで終わりではない。

暗殺《それ》自体が目的ではないのだと思う。

あの規模の事件はまだ、こちらに揺さぶりをかけているに過ぎない。

自分が相手の立場なら、仕掛ける側なら、これで終わるはずがない。

自分なら、その後に起こす作戦を綿密に準備しておいて、派手な事を起こす。

あれはきっと、『開始の合図』に過ぎない。


――ならば次は、何を仕掛けてくる？

それがわからない以上、リーンには悪いがあの男としばらく一緒にいてもらうのが善策だろう。

あの男がもし敵でないとすれば、『ミノタウロス』を単体で屠れるほどの護衛がついたも同然。

これほど心強いことはない。


逆に、その気になればいつでも殺せると言うことなのだが。

少なくとも、昨日の時点でそれをしないということは、現状はまだ敵ではない、と考えてもいい。

そう、願いたい。


「時間も、人も――――足りない、な」

あの男には不確定要素が多すぎる。

だが、今はそれをとにかく信じ、任せるしかないという状況。

本当に賭けでしかない。

それほどまでに我が国は追い詰められてしまっているのだ。

今、この国は平穏だ。

だがそれは表面上のこと。

水面下で事態は急速に進んでいる。

人手が致命的に足りない――敵の出方を窺う時間はもう、きっと残されていない。

「情報を集めなければ――な」

王子はそう呟くと壁に掛けてあった灰色の外套《ローブ》を纏い、執務室を出て街へと向かった。

15　はじめてのゴブリン退治

「良い依頼がみつかるといいですね、ノール先生！」

「……ああ、そうだな」

俺はリーンと一緒にその辺の屋台で昼食を取ると、再び冒険者ギルドを訪れていた。

ギルドに入るなり、おじさんが俺たちを見て声をかけて来た。

「おい、ノール……お前。なんでリンネブルグ様と一緒なんだ……？　……あと、先生ってなんだ？」

「マスター。冒険者としての私は『リーン』です。それと様はいりません」

「ああ……はいはい、そうだった。悪かったな、リーン」

おじさんはリーンに謝りながら、俺に顔を近づけ小声で言った。

「……ノール。何があったんだ……？　今朝もお前の事を捜してたんだぞ。昨日、まさかあれからまた何かあったのか……？」

「そうだな……説明がとても難しいのだが」

というか、説明したくても、俺自身がこの状況をよくわかっていない。

俺はマスター《おじさん》になんと説明しようか考えながら、ちらりとリーンの顔を見た。

目が合うと、彼女はにこりと笑った。

いや、笑いかけられてもな……？

リーンはおじさんにも何やら目配せをしているようだったが、おじさんはそれを見て白髪混じりの頭を掻いた。


「……いや、他人の詮索はしねえのがここのルールだったな。悪い。今のは忘れてくれ」

「いや、別に隠すようなことは何もないのだが」

俺としては詮索してもらっても一向に構わない、というか、おじさんには相談に乗って欲しいぐらいなのだが――。

「で、何の用だ？　森に行くって言ってたから、もう今日はここには来ないと思ってたぜ」

「ちょっと予定が変わってな。何か依頼を紹介して欲しいと思ってな」

「依頼か？」

「ああ、なるべくなら二人でできるやつだ」

「二人で、か……」

おじさんはチラリと、俺の後ろに立っているリーンを見た。

彼女はあれからずっと機嫌良さそうにしているが、やはり解せない。

なんで、こうも俺について来たがるのだろう。


俺はあの後も色々と手を尽くして誤解を解こうとしたのだが、何故かそのせいでより深刻な勘違いをさせてしまったらしい。

その結果、彼女は俺に「どこまでもついてくる」と言っている。

何がいけなかったんだ……？


正直、とても困っている。

今日はあれから、いつものように鍛錬をしようと思っていたのだが、ずっと俺の側から離れないリーンの視線が気になり断念した。

代わりに、何か時間をつぶせる仕事を受けようと思い、冒険者ギルドに向かったのだが……リーンも当然のように後をついてきた。

……こうなれば仕方ない。何か一緒に仕事でもして、しばらく俺の間近にいて貰えば、いずれ彼女も勘違いに気づいてくれるだろう。

そう思って丁度良さそうな仕事を探しにきたのだが。

「紹介できる依頼か……リーンは【銀級】だったな。お前らがパーティを組むなら、一応、王都近郊エリアの『ゴブリン退治』の依頼ぐらいなら受けることが出来るが」

「……ゴ、ゴブリン退治……!?」

おじさんの答えに、俺は思わず驚愕してのけ反ってしまった。


ゴブリン退治?

今の俺では、討伐依頼は絶対に受けられない、そう思っていたのに。

受けられるとしても、だいぶ先だと思っていたのに。

……受けられる、だと……!?

「ほ、本当か……!?」

「ああ、銀級のパーティメンバーが居れば、銀級の依頼を受けられる。だが、まあ、ランクが下の仲間を連れて行く場合、言ってみれば足手まといを連れてくわけだから、よっぽど相性の良いメンバーじゃない限り一つか二つ依頼の危険度ランクを落とすのが普通だがな」

「で、では……その、ゴブリン退治の危険度ランクというのは……?」


俺は一呼吸おき、はやる気持ちを抑えて聞くべき事を聞いた。

思わず興奮してしまったが、少し冷静になろう。

そこはちゃんと確認しておかなければならない。

確かに、ゴブリンは初心者の冒険者が腕試しに倒すような、最弱の魔物だと聞く。

だが、討伐には危険が伴うとも聞いている。

危険度はどれぐらいなのだろう……場合によっては、俺が一緒に行くことで、リーンを危険に晒してしまうかもしれない。

「ゴブリン退治か？　【初心者《ビギナー》】だ。銀級からすれば三ランク下だな」

「そ、それなら――――!!」


三ランク下だ。いける。

俺は期待を抑えきれず、声を上げた。


だが、そこでふと気がついた。

それはリーンが持っている冒険者ランクを利用することに他ならない、と。

つい先ほどまで、あれだけ鬱陶しがっていたのに……。

我ながら現金なものだ。これは少し、恥ずかしい。

それに、その依頼を受ける前に、彼女とパーティを組まねばならない。

彼女はそれを良しとするのだろうか？

もし、断られたら……。

俺はリーンの顔をチラリと見た。


「……どうかされましたか？」

俺の不安な表情を察したのか、彼女も不安げな表情で俺を見た。

「そ、その……大丈夫なのか？　リーンとしては。今の話、君に頼ってしまう形になるのだが……？」

彼女を利用するような後ろめたさもあって、少し小声になってしまった。

だがリーンは、なんだそんなことか、というふうに笑って言った。

「もちろん、大丈夫です！　先生のお役に立てるのなら、私の持てるものは何でもお使いください。私は先生のいらっしゃるところにならば何処へでもついて行きますから、なんなりと仰ってくださ い」

「そ、そうか……？」

彼女はそれでもいいと言う。

なんだかちょっと騙しているようだし、こんな年端もいかない少女に頼るのは情けないが、それでも――これは俺の夢の一つだったのだ。

ゴブリン退治……是非とも、行ってみたい。

だが俺にそんな仕事が務まるだろうか？

俺はチラッとおじさんの顔を見た。

「……そんな不安そうな顔するなよ。まあ、銀級のリーンがいれば大丈夫だろう。でも、無理はするなよ？　脅威度が低くても安全ってわけじゃねえんだからな？」

「……ああ、俺は自分の実力がどの程度かはわかっているつもりだ。無理はしない」

おじさんの言葉のおかげで、幾らかは気が楽になった。

だが、やはり気を引き締めていこう。

俺にとっては未知の冒険になるからだ。

「じゃあ、受けるんだな？」

「ああ、頼む」

俺がそう答えると、おじさんは机の中から地図を取り出して見せてくれた。

「この地図にあるエリアで、狩った分だけ報告してくれればいい。討伐証明部位は右耳だからな。持って帰ってくるのを忘れるなよ」

「わかった」

「まあ、最近は何故か相当数が減っているって報告もあるから、もしかしたら一匹も出てこないかもしれねえがな――――そしたら、薬草でも摘んで帰ってこい。それも、買い取れるからな」

おじさんはそう言って笑いながら、何かの書類を書いて、トン、とハンコをついた。

「じゃあ、行っていいぞ。だが、本当に怪我には気をつけろよ。ピクニックじゃねえんだからな」

「ああ、わかっている」

「暗くなるまでには帰ってこいよ」

「ああ、行ってくる。行くぞ、リーン」

「はい」

そうして俺たちはゴブリンの生息するという、王都近隣の『魔獣の森』へと向かった。

16　魔獣の森

王都を離れ、半刻ほど北へと歩くと通称『魔獣の森』に辿り着く。

ここでは生息する数種の魔物との遭遇の危険がある一方で、市場で価値のつく植物や木の実などの各種素材が採取できる。初心者の冒険者はこの森に依頼をこなしに訪れることも多い。

冒険者ギルドの判定する「危険度」はかなり低いのに『魔獣の森』などと物騒な感じの名前がついているのは、誤って危険な場所に立ち入る者が居ないよう警告を促す意味もあるという。

名前も知らずに迷い込んでしまえば、同じことだが。

「これが『魔獣の森』か。木の密度が高いな……俺がいつも行く南側の森とは木の種類も違うし、大きい」

「ええ。生態系が少し、違うんです」

ここは、王都近隣でゴブリンが生息する森としても有名だ。

ゴブリンはきちんと対処をすればさほど危険な魔物ではないと言われるが、やはり油断はできない。

人を襲ってくることもあるからだ。

奴らは人に出会えば『食べ物』と見て積極的に襲いかかってくるという。

木の実も食べるし雑食性ではあるが、肉を非常に好む。獰猛なのだ。

初心者の冒険者が『魔獣の森』で行方不明となり、骨だけになって見つかった、という話もよくあるらしい。

ゴブリンは、放っておけばどんどん数が増えるという。

普段は森の中で小動物などを捕食しているらしいが、数が増えすぎると森にある食糧で腹を満たせなくなり、人里にまで溢れてくるという。

その為、定期的に退治して数を減らす必要があり国をあげて退治を推奨している。

退治した数に応じて、冒険者ギルドを通じて国から報賞金が出される。

とはいえ、『冒険者の聖地』と呼ばれ強者揃いの冒険者がひしめく王都では、ゴブリンはさほどの脅威ではなく、本気で退治に乗り出したら狩り尽くしてしまう。

それも良くないのだそうだ。

魔物の一種のゴブリンといえど、この森の中では何らかの役割を果たしているらしく、ゴブリンがいる森といない森では生態系の豊かさがかなり違うと言われている。その生態系には、貴重で実用的な薬草なども含まれている。

だから、国はゴブリンの数は減らしつつも、減らし過ぎないように調整しながら、なるべく手付かずのままに環境を保護する政策をとっている。

おかげで魔物を含めた複雑な生態系が保たれ、他の森よりも珍しい動植物が見つけられるため、『魔獣の森』は初心者の冒険者のための訓練地として、あるいは収入源として、この上なくいい環境になっている。

――というのが、『魔獣の森』に辿り着くまでに歩きながらリーンが教えてくれた話だ。

彼女は色んなスキルを身につけているだけじゃなくて、幅広い知識もある。

この年齢で、本当に凄いことだ。

しかも冒険者ランクは銀級。

将来は立派な人物になるに違いない。

「やはりギルドマスターの言っていた通り、ゴブリンの姿が見えませんね。数が少ないというのは本当のことのようです」

リーンは辺りを見回しながら魔物の気配を探っている。

【気配探知】とやらのスキルで周囲の生き物の存在を確認しているのだろう。

「あっ、一つ……魔物らしき反応がありますね。少し遠いですが、そんなに時間はかからなそうなので行ってみましょうか」

彼女はそう言って俺に道を指し示した。

……なんだかすごく、便利な子だ。

俺は全く何もしないまま、彼女に付き従って、森の奥へ奥へと進んでいくだけだった。


「……何だか、だんだん、薄暗くなってきたな」

「はい、この辺りは樹齢の高い木も多く、日光が入りづらいと聞いています。ゴブリンはこうした場所を好むそうです」

まだ日は高いと思うが、ここは薄暗い。

ゴブリンは夜行性なので、あまり明るい場所は好まず、こうした薄暗い森の中に生息し、昼間はその寝床となっている洞窟を見つけ、奇襲して退治するのが効率的な『ゴブリン退治』の方法だ。

薄暗い洞窟などに潜んで寝ていることが多い。

が、慣れてこないと中々洞窟を見つけることは難しいという。

なので、大抵は昼間徘徊して獲物を探す飢えたゴブリンを退治することになるらしい。

凶暴なわけだ。

ゴブリンの知能は低く、人間と違って群れることはほとんどないとされるが、木の実などの多い土地には集まっていることがある。そういう場面に運悪く出くわすと、危険度は跳ね上がるという話だ。

俺たちもそんな場面に出くわさなければいいのだが。

もちろんリーンがいれば、そんなことは中々ないと分かってはいる。

でも、俺たちはだんだんと、魔物の気配に近づいているのだ。

……少しばかり、緊張する。

「あれっ？」

リーンが立ち止まり、なにやら首を傾げた。

「どうした、リーン」

「い、いえ、確かにこの辺りに魔物の気配があったのですが……」

「あったが？」

「……消えました」

「消えた？」

「はい。たまたま、何者かに倒された、という考え方もできますが……でも、周りになにもいなかったのに……どうして……？」

リーンはまた不思議そうに首をひねっている。

「魔物といえど、生き物だから寿命や病気とか、勝手に死んだりもするんじゃないか？」

「はい、そうですね。そういう可能性もあると思います。とにかく、気配が消えた場所に行けば遺体はあるはずです。死んだばかりなら、討伐部位を持っていけば換金できますよ」

「そうだな。せっかくここまで来たのだし、寄っていくか」


どういうわけか、今日はゴブリン討伐に向いている日ではないようだ。

少し残念だが仕方ない。

……まあ、ゴブリンの実物を見られるだけでも良しとしようか。

実は、俺はゴブリンを見たことがないのだ。

初日の冒険としては、それだけでも十分な気がする。

あまり欲張ってもいいことはないのだ。

「でも、本当におかしいですね……今日は森が静かすぎます。何か、他の生き物がいてもいいようなものなのですが……？」

確かに、動物の気配はおろか鳥の鳴き声すら聞こえない。

俺はここがそういう森なのかと思ったが、違うようだ。

そういえば生態系が豊かだという話だから、本来はもっと沢山生き物がいてもいいはずだ。

でも、今日は一度も出会っていない。

こういう日もあるのだろうか。

そんなことを考えているうちに、俺たちは目的の場所にたどり着いた。


「確か、この辺りのはずですが――――」

リーンは辺りをキョロキョロとうかがっているが、それらしきものは何もなかった。

「……何もない、ですね……」

「ああ、そうだな――――いや、待て」

確かに、一見、この辺りには生き物らしきものはいない。

だが、俺は何だか視界に強い違和感を覚えた。

「……あれは……何だ？」

違和感の原因を探ろうと目を凝らしてみると、空中に何かがある。

何もないように見える空間に、うっすらと透けるように、緑色の小さな足が浮かんでいた。

俺がそれを眺めていると、その足は何かに持ち上げられるように空中へと上がっていき、見上げるような高さで、何かに飲み込まれるように消えた。

そこから水のような飛沫が飛び、俺とリーンの顔にパラパラと降りかかった。

何かに気づいたリーンが、慌ててスキルを発動した。

「────ッ!!　【隠蔽除去《アンカバー》】！」

すると────

「……えっ!?」

「……なんだ、あれは────？」

透明なヴェールが剥がれるようにして、突然、俺たちの前に現れた、奇妙な存在────。

それは緑色の皮膚を持ち、二本足で立つ巨人だった。

一見、人間に似ているようにも見えるが、とても人とは呼べないだろう。

太い腕は地面につくほど長く伸び、脚は周囲にある大樹の三本分の太さはある。

頭には綺麗な赤紫色の宝石のようなものが埋まっていて、獣のようなギラついた目で俺たちを見ている。

何やら、牙の見える口をもごもご動かし、大きな口の端からは赤い血が滴り落ちていた。

この生き物は、一体────？

まさかこれが────

「あ、あれは……ゴブリン――――ッ!!」

リーンはその巨体を見上げ、驚愕の表情でそう言った。

「……そうか、あれがゴブリンなのか」

……意外だった。

想像していたよりも、ずっと大きい。

見るのと聞くのとでは大違い、とはよく言ったものだ。

俺はてっきり、最弱の魔物と呼ばれるぐらいだから、もっと小さい魔物だとばかり思っていた。


だが、聞いた話とは一致する。

ゴブリンは緑色の肌を持ち、人のように二足歩行をし、眼光は獣のように鋭いという。

そして、奴らは道具を使う。

今、あのゴブリンは片手で大木を引き抜いている。

それをまさに、棍棒のように使おうというのだろう。

「――――恐ろしいな。知能を持った魔物か」

ゴブリンの知能は低いとは聞いていた。

だが、それも人間と比べての話だろう。

知恵が無いわけではない。

むしろ、他の魔物よりも知能が高いこともあるとも聞く。

あの巨体で、なおかつ知性を持つ魔物――。

俺は大木を引き抜いて空高く振り上げ、こちらを睨みつけるゴブリンを見上げながら戦慄を覚えた。

――あれが世の冒険者にとっては雑魚扱いだというのだから、とても信じられない。

だが、目の前にあるものが現実なのだ。

どう足掻いても、受け入れざるを得ない。

流石に、たじろぐ。

俺があれだけ倒すのに苦労した街中の牛よりも、はるかに大きい。

リーンの表情も強張っている。無理もない。

彼女は知識もあり、才能に恵まれてはいるが実戦経験はきっと少ない筈だ。

「――怯えることはないぞ。相手はただの……ゴブリンだ」

俺は自分に言い聞かせるようにリーンに声をかける。

普通の冒険者はこれを狩って、初めて一人前の入口に辿り着く――そんな、初心者の登竜門のような魔物だと聞く。


だが、俺にとっては――

そびえ立つ、乗り越え困難な巨大な壁のように見える。

最弱のモンスターとして名高い、緑色の食人鬼――ゴブリン。

最弱レベルの魔物といえど、俺のような駆け出し未満の人間にとっては、とても侮れない強敵だ。

だが、こいつを倒すことによって、きっと俺は憧れの『冒険者』の夢への第一歩を踏み出すことができるのだろう。


ゴブリンの雄叫びが暗い森に響き渡り、奴はその巨大な眼で俺たちを睨みつけた。

どうやら俺たちは奴には『獲物《食べ物》』に見えているらしい。

そう考えただけで、足がすくんでしまいそうだ。

だが――

「────倒すぞ、リーン」

俺は頭に浮かぶ雑念を即座に振り払い『黒い剣』を構えた。

怖いが、今は考えるのはやめにしよう。

恐怖心や怯え────そんなものは、死への近道でしかないのだから。

きっと、倒せる筈だ。

俺だけならともかく、彼女《リーン》と一緒なら。

「はい、先生」

そうして俺たちと最弱の魔物────『ゴブリン』との壮絶な戦いが始まったのだ。

17　ゴブリンエンペラー

私は目の前に現れた怪物を見上げ、驚きに思わず言葉が詰まってしまった。

「あ、あれは……ゴブリン――――ッ!!」


あれは『ゴブリンエンペラー』。

数百年に一度、自然発生すると言われる災害級の魔物『ゴブリンキング』と区別する為にそう呼ばれる、ゴブリン最上位種の「亜種」。


『ゴブリンエンペラー』は自然発生しない。

言い換えれば「人為的に発生させる」ことで生まれる魔物だ。

ゴブリンは人為的操作によって『突然変異』を起こすことが知られている。

でもそれは、遥か昔に行われ、今は禁止された外法の研究によって生み出された禁忌の知恵。

まず、ゴブリンの外皮に魔石を埋め込み、そこから大量の魔力を注ぎ込む。

普通、魔物に許容量を超える魔力を注ぎ込むと、身体が耐えきれずに破裂し、死んでしまう。

でも、ごく稀にだが、ゴブリンにはそんな過剰な高密度の魔力に『適応』してしまう個体がいるという。

そういう特殊個体に大量の魔力を注ぎ込み続けると、次第に身体が風船のように膨らみ続け、それにも耐え切ると、注ぎ込まれた大量の魔力を自身のものとして取り込むという。

そうして膨大な魔力を得たゴブリンは、災害級の脅威度『A級』とされる『ゴブリンキング』と同等の力を持つようになるという。

それゆえに、『ゴブリンエンペラー』は『ゴブリンキング』と同程度の脅威とされている。

でも、あのゴブリンは信じられないほどに大きい。

私が知識として識っている『ゴブリンキング』の体長の、少なくとも二倍はある。

一説には、注ぎ込む魔力の量だけでなく、身体に埋め込まれる『魔石』の質によって結果は違ってくるといわれるが――。

あのゴブリンの額に輝く魔石――あれは異常だ。

はじめてのゴブリンたいじ～リンネブルグ王女五歳の記録～

「リンネブルグ様にも困ったものだ。こんな時にお散歩に出たいなどと」

「ああ。今回は王がしっかりと言い含めているようで、昼はおとなしくしてくれていたが……あの姫様のことだ。まだ油断できん」

「そんなに厄介なのか、あのお嬢様は？　まだ五歳なのだろう？　俺にはただの幼い女の子にしか見えんが……流石に、第一級の要人とはいえ、これは過剰警備じゃないのか？」

冒険者ギルドを通して緊急依頼として呼びつけられたA級冒険者、【百聞】のカイルは周囲を見回し肩をすくめた。

そこではクレイス王国の傭兵を含むあらゆる分野から集められた六人の精鋭が火を囲み、夜を徹しての監視任務についていた。

歴戦の勇士然とした彼らが今、警戒しているのは外からの脅威ではない。

彼らが仰せつかっているのは「子守」である。

この国一番の才姫と呼ばれるリンネブルグ王女の護衛、兼、監視の任務。

王が十歳となった王子を連れ、魔獣退治を共にするという『教育』で遠征に赴いている間、城に残される王女の様子を見守るためだった。

「────若造。貴様は姫様のことを知らんからそんなことが言えるのだ。少しでも知れば、今のような軽口は叩けんぞ」

「……はっ！　竜をも殴り殺す【剛拳】のバルジと言われたアンタが、随分と気が小さくなっちまったもんじゃねぇか。昔はアンタの武勇伝に憧れたもんだが……冒険者辞めて王宮勤めになってか

「貴様の憶測はいい！　すぐにその地図をよこせ！」

警備部隊の隊長は急いで王都周辺の描かれた地図に手をかざし、【探知】のスキルを発動した。

そして、その結果に血の気を失った。

「これは――――まずい」

王女は想像以上のスピードで移動し、すでに王都を抜け出していた。

とても少女が走る速さとは思えない。

しかも、どういうわけか北東の方角へとまっすぐに進んでいる。

まさか誘拐？　いや、断定はできない。とにかく、その向かう先は――――

「姫の行き先は『魔獣の森』だ」

「なぜ、そんな場所に姫が……？」

「……姫は以前から、夜の『魔獣の森』は昼とは生態系が違うから自分の目で確かめてみたい、と言っていた。危険だからやめなさいと王からは諭され、城から抜け出そうとしても【隠聖】カルー様に捕まえられていたようだが……今晩、その一番の邪魔者がいない。つまり、彼女にとって、またとないチャンスというわけだ」

「……そんなバカな。誘拐じゃなくて脱走だっていうのか？　それも俺たちの監視網を掻い潜って？　魔獣用の捕縛の罠まで用意したんだぞ!?　五歳児がそんなことを考えて、実行に移したと!?」

「……姫様なら、やりかねん」

「なんにせよ、こんな夜中にはゴブリン達が活発に動いているはずだ。非常にまずい事態だ。急いで追いかけるぞ！」

警備隊長は大きな焦りを感じながら号令を出した。

状況を目にした警備隊長が咄嗟に命令を出そうとした瞬間、ゴブリンの群れが一斉に少女へと飛びかかる。

そして――

「――れ？」

気づけば王女の手には月の光を反射する黄金色の装飾の施された剣が握られ、振り抜かれていた。

同時に、無数のゴブリンの頭が回転しながら夜の闇へと舞った。

「ほんとうに、ごめんなさい」

遅れて、何体かのゴブリンの胴体が足と離れて地面に落ちた。

そして少女は周囲に立つ複数のゴブリンを切り裂きながら空へと高く跳躍し、言った。

「ごめんなさい……まさか、こんなことになるなんて。次からはあなた達に見つからないよう、きっと、うまくやりますから……ほんとうにごめんなさい……！　――【火球《ファイアボール》】」

そして、月を背にして泣きじゃくる少女の手から巨大な火の玉が生み出され、次々にゴブリンを焼いていく。

護衛たちはただその一方的な殺戮の光景を眺めているしかなかった。

そして、一瞬、自分たちの仕事のことを疑問に思った。

自分たちは一体何をしにここへと駆けつけたのだろう、と。

彼女を護るため？　でも、護る？

目の前でゴブリンの群れを圧倒する、あの少女を……？

「……だといいがな」

そうして何事も起こらぬまま夜が更けた。

幼い王女は大人しく寝床に入り、寝息を立てて眠りについた。

――――かに見えた。

「……た、大変だ……！」

寝ているはずの王女の監視役を務めていた【百聞】のカイルが血の気を失った顔で他の護衛達のところに走ってきたのは、月が空に昇りきり、辺りを明るく照らしていた時だった。

「どうした？」

「――――王女が、いない。どこにも見当たらないんだ」

「……なに？　よく探したのか」

王女の位置を監視するはずだった【百聞】のカイルの報告で護衛達に緊張が走った。

「ああ、寝所の隅々まで探したが……影も形もない」

「おい、監視役を進んで買って出たのはお前だろう!?　何をしていた!?」

警備部隊の隊長は声を荒げた。

「……す、すまん。夜食を口に運んだ隙に見失っていた。言い訳するつもりはないが、本当に一瞬のことで――――」

「何をやっているんだ!?　これは一大事だぞ！　姫の位置は!?　わかるんだろうな!?」

「……ああ、彼女の寝間着に『探索指針』を仕込んでおいた。今からでも地図《マップ》での探知はできるはずだ。まあ、子供の足ではまだそう遠くへは……」

ら丸くなりすぎちまったんじゃないか？　歳は取りたくねえもんだな」

「……何だと、若造……！」

巨軀の老兵、バルジが立ち上がり、細身で背の高い青年カイルと睨み合った。

「聞いたぜ？　今のアンタの仕事はお姫様の子守と雑用なんだろ？　……竜殺しの英雄が聞いて呆れるな」

「……不敬だぞ、カイル。お前が腕利きの『探知屋』と見込んで協力の依頼は出したが、その発言は見過ごせん」

「お前ら、やめておけよ。こんな会話シグ団長に聞かれたらただじゃ済まんぞ」

「まあ、それは大丈夫だろう。今晩は【六聖】総出で討伐遠征に出ているし、さすがに地獄耳の団長もここでの会話は聞こえんさ。だが逆に言えば、今日は俺たちしかいないんだからな？　心してかかれよ」

「そうだ――――油断をするな。姫に裏をかかれるぞ」

「はは、俺が五歳児に？　……冗談だろう？」

「俺は真面目に言っている」

「はは、マジかよ」

「わからんか……？　なら、俺がわからせてやろうか」

「おい、バルジ。カイルも。やめろと言っている」

口論を始めた二人は、警備隊長の仲裁でやっと互いに距離をとった。

「……なに、俺だって仕事を侮っているわけじゃない。だが、プライドはあるんでな。相手があの【才姫】といえど、子供に遅れは取らんさ。もらった金の分はきっちり働く」

あっという間にゴブリンの群れが滅ぼされ、呆気にとられる護衛たちの前で少女は泣きながら頭を下げた。

「……ごめんなさい。ちょっと遊んだら、すぐにおうちにかえるつもりだったんです。でも、珍しい植物がたくさんあって……月夜にしか咲かない『月光花』なんて、ほんものを見るのははじめてで……つい夢中になって。でも、気がついたら囲まれてて………ほんとうにごめんなさい」

そうやって必死に謝りながら泣きじゃくる少女の前で、一際大きな身体の男が跪き、優しげな声で言った。

「……我々は貴女がご無事ならばそれで良いのですよ。さあ、帰りましょう」

その深い傷と皺の刻まれた顔に優しさに溢れた笑みを浮かべる男が誰かを理解した【百聞】のカイルは、再び自分の目を疑わずにはいられなかった。

それは、かつて寡黙で誰にも感情を表さず、獰猛で竜をも殴り殺すと恐れられた伝説的な冒険者【剛拳】のバルジの、誰も見たことがないと言われた笑顔だったのだから。

翌日、遠征から帰還した王たちの前で、「すべてのせきにんはわたしにありますので」と、大失態を演じた自分を必死に弁護する幼い姫の姿を見たカイルは、一生をかけてこの少女を護り抜かなければならないと固く心に誓い、王宮への就職試験を受けることを決意したという。

これは確実に自分の首が飛ぶ。

だが、それだけならまだいいだろう。

このままでは自分たちの不注意のせいで、王国始まって以来の才能と言われる少女が命を落とすことになりかねない。

全員が首をくくるつもりで、必死で王女を追った。

◇

――月夜の晩、『魔獣の森』の奥深く。

ゴブリンの群れが一人の少女を取り囲んでいた。

少女の手には沢山の木の実や色とりどりの花が握られ、目にはいっぱいの涙が貯められていた。

「……ごめんなさい。あなたたちの住処を荒らすつもりはなかったんです。ほんとうに、ごめんなさい」

ざわめく食人鬼達の視線の先にいるのは、幼いリンネブルグ姫だった。

少女は泣きながら、魔物の群れに向かってひたすら謝っていた。

「ほんとうに、ごめんなさい……！」

だが、そんな少女の言葉を解するはずもなく、ゴブリンの群れは牙をむき出しにて詰め寄っていく。

謝りながら大粒の涙を流すだけの少女に、すぐにゴブリン達はあと一歩で触れるほどの距離にまで近づいた。

警備隊の隊員達がたどり着いたのは、そんな時だった。

「まずい！　姫様を護――」

俺は全てを
1
著 鍋敷
イラスト カワグチ
【パリイ】する
I WILL "PARRY" ALL
strongest man
adventurer
～逆勘違いの世界最強は冒険者になりたい～
"You have no talent at all."
The man who was so declared, however,
becomes the strongest with 'Parry'.
And then...
初回版限定
封入
購入者特典
特別書き下ろし。
はじめてのゴブリンたいじ
～リンネブルグ王女五歳の記録～
※『俺は全てを【パリイ】する ～逆勘違いの世界最強は冒険者になりたい～ 1』をお読みになったあとにご覧ください。
EARTH STAR NOVEL

一目見ただけでわかる。あれは本物の規格外だ。

とんでもない大きさと、純度。

私が昔、留学先の神聖ミスラ教国で目にした『悪魔の心臓《デモンズハート》』と呼ばれる最上級の魔石。

それに近いクラスのもの、いや、それを上回る純度のものかも知れない。

そんなものが、あのゴブリンに埋め込まれている――――？

やはり、あのゴブリンの異常な大きさはあの魔石が原因なのだろうか。


――確実なことは何もわからない。

でも、わかることはある。

あれはもう、自然発生した魔物『ゴブリンキング』ですら、強さの比較にはならないだろう。

『ゴブリンキング』の脅威度はA級。

金級冒険者パーティ数名でやっと対処できる強さだとされる。

それなのに、目の前の『ゴブリンエンペラー』はそんな魔物とすら比較にならない大きさなのだ。


――しかも、『同族喰らい』。

『同族喰らい』は同類の魔力を取り込み、更に力を増していくという。

もはや、それがどれほどの脅威になるのか、計り知れない。

なぜ、ここにこんな魔物が――――？


私では確実に、敵わない。

しかも、【隠蔽《シール》】されていた。

魔導具によるものか、何によるものかはわからないが、当然、人為的なもの。

森に生き物がいなかったのも頷ける。

皆、この魔物が人知れず食べたのだ。

もしかすると、人も食べられていたかも知れない。


もしや、先生はこれを察知して、ここへ――――？

ゴブリン討伐に行きたいなどと、ノール先生ほどの人物がそんなことを口にするのはおかしいと思っていた。

あの時、無邪気に喜んでいるように見えたのは、人知れず危機を排除するための方便――――？

先生はいつもこうやって、人助けを……？

己の浅はかさに恥じ入るばかりだ。

思えば、あの時、冒険者ギルドで先生が不安げな表情で私の顔を見たのは、これを予期してのことだったのかもしれない。

――――この子を連れて行っても、本当に大丈夫か、と。

実際、私はただの、足手まといだった。

『ミノタウロス』に襲われた時の恐怖が蘇る。

思わず、震えがくる。

足に力が入らず、地面にへたり込みそうになった。

「――――怯えることはないぞ。相手はただの……ゴブリンだ」

でも、先生は言い切る。

あれはただのゴブリンだ、と。

――――そうだ、怯えは判断を鈍らせる。

落ち着くんだ。きっと、大丈夫。私は今、一人ではない。

きっと、先生が私をここに連れてきたのも、何かのお考えがあってのことに違いない。

「――――倒すぞ、リーン」

先生は、私の名前を呼んだ。

ノール先生は、こんな私を頼ってくれている。

そんなことを感じさせる言葉だった。


――――そうだ。今は震えている場合ではない。

私はこの人と一緒に、戦うのだ。

きっと、大丈夫。

今、私の横にいるのは、深淵の魔物と対峙し勝利した人物、ノール先生なのだから。


そう思うと、私の震えは一瞬でおさまった。


何だかとても不思議な感覚だ。

さっきまで、立っていられないほどの恐怖を感じていたのに。

間近に死と絶望を肌で感じていたというのに。

そして、これから災害級の魔物すら比較にならない恐ろしい魔物に、たった二人で立ち向かおうというのに。

「はい、先生」

――今、私は少し笑っていた。

先生の背中越しに巨大な『ゴブリンエンペラー』を眺めながら、笑っていたのだ。

18 俺はゴブリンをパリイする

ゴブリンは引き抜いた大木を両手に持ち、凶暴な野獣のような瞳で俺たちをじっと見つめていた。

長い牙が見える口からは、赤黒い舌がのぞいている。

すぐに襲いかかってくる気配はない。

それはまるで、獲物を品定めしているかのようだった。


――本当に、俺はこんな怪物と戦えるのだろうか？


俺がそんな疑問を胸に抱いた瞬間だった。

ゴブリンは突然手に持った大木を空に振り上げ、俺たちに向かって一気に振り下ろしてきたのだ。

ゴブリンはあの巨体で、とんでもなく疾く動く。

一瞬で頭上に影が落ち、荒々しい木の肌が目前に迫ってくる。

遠目で見るよりも、ずっと太い木だった。

こんなもので叩かれたら、当然、俺たちの命はない。

だが――――。


「パリイ」

俺は思いきり、黒い剣で頭上に振り下ろされる大木を薙いだ。

持ち手に伝わる強烈な衝撃。

ゴブリンの振り下ろした大木の軌道は少しずれ、そのまま俺たちのすぐ脇に落ちて土を抉《えぐ》って地面に深く沈んだ。


良かった。

咄嗟だったが何とか弾けたようだ。

俺の後ろにいたリーンも無事だったようだ。


――――そう思ったのも束の間。ゴブリンの第二撃。

奴の反対の手に握られたもう一本の大樹が、横薙ぎに俺たちの方に飛んでくる。

ゴブリンは強引に周囲の木々を薙ぎ倒しながら、森の地面ごと削り取り、力任せに巨木を振り回して俺たちめがけて殴りつけてくる。

俺はそれを跳んで躱そうとして、思いとどまった。

「――――まずいな」

ゴブリンの右手には既に、次の大木が握られている。

奴は知能のある魔物というだけあって、この地面すれすれの攻撃で俺たちが跳び上がることを見越しているらしい。

そうして無防備に空中に跳び上がったところを、叩き落とそうというのだろう。

木々を振り回す怪力も恐ろしいが、その視線から読み取れる計算高さが何よりも恐ろしい。

だが、奴の思い通りにはさせない。

「パリイ」

俺は避けるのでなく、地面に黒い剣を突き刺して無理やり大木を頭上に跳ね上げた。

その動きは予想していなかったのか、ゴブリンの巨体が一瞬よろけ、――――今だ。

反撃の隙が生まれた。

俺は相手に攻撃する手段を持ってはいないが、彼女なら。

「リーン、頼む」

「はい――――【風刃波《ウインドカッター》】」

リーンのスキルによって生み出された無数の風の刃が、嵐のような渦となりゴブリンへと向かった。凄まじい暴風が周囲の木々を細切れにしながら森の中を駆け、ゴブリンへと向かう。

だが――――。

「グギャッ」

リーンの放った刃の嵐はゴブリンにいとも簡単に避けられた。

「――――ッ！　【氷塊舞踊《アイシクルダンス》】！」

だが、リーンは続けざまに人ひとり分の大きさの氷の塊を何十も作り出し、次々にゴブリンへと打ち込んでいく。

逃げる隙も、反撃の隙も与えない、というように。

凄まじい威力の攻撃の嵐。

一撃一撃がまるで大砲のようだ。

辺りの木々が当たった端から砕け、地面が凍りついていく。

だが、一向に当たらない。

――相手が、あまりにも素早すぎるのだ。

「まさか、ここまでとは」

確かに、ゴブリンはすばしっこいと聞いてはいた。

だが、ここまでとは思ってもいなかった。

奴は森の木々の間を縫うようにして動いてリーンの氷塊を避けつつ、倒れた大木を次から次へ、矢のように投げつけてくる。

俺は今、それがリーンに当たらないように叩き落とすので精一杯だ。

このままでは、まずい。

リーンの攻撃はほとんど奴に当たらないし、俺にはろくな攻撃手段がない。

おまけに――。

「どうして――!?　傷が再生している……!?」

リーンのスキルによる猛攻撃はゴブリンに無数の傷を与えていた。

リーンの攻撃は確かに奴の腕の一部を切り裂き、足の指を凍てつかせ、少し砕いた。

ダメージは与えつつあった。そのはずなのに――。

その傷が、いつの間にかなくなっていたのだ。

先ほど与えたはずの傷が、しばらくすると綺麗になくなっている。

「もしや、あの魔石――――!?　あ、あれのせいで――――?」

リーンはゴブリンを見つめながら、何やらつぶやいている。

……魔石、とは、あのゴブリンの額についている赤紫色の石のことだろうか。

なんだか最初に見たときよりも、強い光を放っているように見える。

「あれが、どうかしたのか?」

「もしかすると、あれがあのゴブリンの力の源泉になっているのかもしれません。あれをどうにかして、取り除かなければ……」

「取り除けばいいのか?」

「はい、あれがあの魔物の弱点、のようなものかもしれません」

「弱点、か」

俺はゴブリンの投げつけてくる大木を叩き落としながら、少しだけ安堵した。

傷がなくなっているのには驚いたが、最弱の魔物と呼ばれるだけあってわかりやすい場所に弱点があるものだ。

問題はどうやってあそこまで近づくかだが。


……奴はとても素早い。

簡単には近づけないだろう。

たとえ俺が全力で走ったとしても、奴に追いつける自信はあまりない。

いったい、どうすれば――――？


戸惑う俺たちが動かないのを、攻撃の好機《チャンス》と見たのかゴブリンは次の攻撃を仕掛けてきた。

奴の手によって上空にばら撒かれる、大量の大木の破片。

それが、一斉に俺たちのところに降り注いできた。

同時に、奴は地面に転がる折れた大木を手当たり次第に摑み、投げつけてきたのだ。


――――しまった、やられたと思った。

あのゴブリンはずっとあのギョロついた目で俺たちのことを観察していた。

俺が攻撃を黒い剣で叩き落す様子を、奴はよく見ていたのだ。

俺が叩き落としていたのは、一本ずつ――――同時に十数本もの大木を叩き落とすことはこの重たい剣では難しい。

せいぜい、ひと薙ぎで二、三本がやっとというところだ。

たとえ軽い剣を持っていたとしても、あの大木を弾き飛ばすのは無理だろう。

俺は同時には何本も弾けない。それを奴はしっかりと見ていたのだ。

俺がゴブリンの知能の高さに感心している間にも、大量の巨木が降り注いできた。

同時に、横方向から矢のように木々が飛んでくる。


――しまった。感心している場合じゃなかった。

これでは彼女《リーン》を護りきれない。

だが――――。


「――――ッ！　【風爆破《ウインドブラスト》】ッ！」

咄嗟に、リーンがとてつもない暴風を作り出した。

森全体が震え、巨大な地震が起きたかと思うほどの衝撃。

その風圧で無数の木々が全て弾き飛ばされて散っていった。


さすが、リーンだ。

そう思うと同時に――――俺は彼女の放ったスキルを見て、あることを閃いた。

「リーン。今のを俺の背中に打てるか？」

【風爆破《ウインドブラスト》】を――――？　で、でも、あれは城壁を破壊するような威力の攻撃魔術で……」

「あの感じなら多分、この剣越しなら大丈夫だ。あの素早い魔物に追いついて、あの赤い石を取り除くにはいい考えだと思うのだが」

「……わかりました。先生がそう仰るのなら」


要は、走るときに追い風で背中が押されて楽になる、あれだ。

それをあのリーンの起こすような強い風でやれば、相当に疾くなると思う。

単純な思いつきでしかないが……とにかくあの石さえどうにかできれば、あとはリーンがなんとかしてくれるはずだ。

やってみる価値はあると思う。

そうして俺は黒い剣を背中に当て、彼女はそこに両手を添えた。


「では、頼む」

「行きます――――【風爆破《ウインドブラスト》】ッ！」

瞬間、背中に感じる強烈な衝撃。

黒い剣を挟んでなお伝わる、身体が弾け飛ぶような圧力。

とてつもない力で背中を押されるのを感じながら、俺は【身体強化】を発動し、思い切り地面を蹴った。


踏み込んだ地面が割れ、俺の身体は一気に前に押し出される。

――とんでもなく、疾い。

やはり俺が自分の足で駆け出した時とは比べ物にならないスピードだ。

まだ一歩目だというのに周囲の風景が流れるように俺の視界を通り過ぎていく。

そして、同時に俺が【しのびあし】を発動すると、俺の体前面を覆っていた空気の壁が消え
――さらに俺の身体は加速した。


俺は速く動きたい時には必ず、この【しのびあし】を使う。

俺は最初、【しのびあし】は足音を消すだけのスキルだとばかり思っていたのだが、それは違うのだとある日ふと気がついた。


山での訓練中、よく「空気」が邪魔になる時があった。

今よりずっと疾く動きたいと思っても、まとわりつくようにその「空気の壁」が俺の身体を押し返し、思うように進めない。

そういう時に【しのびあし】を使うと、何故か音と一緒に「空気の壁」も消えるのだ。

おかげで前と比べて、ずいぶん素早く動けるようになったと思う。


――それにしても、こんなに速く動くのは初めてだ。

次の一歩がとても遠くに感じる。

バランスを失わないように気をつけないといけない。


そして俺は次の一歩を踏み出すことに意識を集中し、極限まで力を込めた【身体強化】を使って地面を蹴る。

その瞬間、体全体に衝撃が走り、踏み込んだ地面が大きく割れ、同時に踏んだ脚の筋肉が軋む。

骨にもヒビが入ったような感触があった。

だが――この程度であれば問題ないだろう。

俺の【ローヒール】で瞬時に筋肉と骨のヒビの修復ぐらいならできるからだ。


そして、次の一歩。

また次の一歩と、更に、更に力を込めていく。

そうして何度もそれを繰り返し、俺は更に加速する。

ゴブリンは俺の接近に気がついて、後ろに跳んで逃れようとした。

ものすごい反応速度だ。

とてつもないスピードで、奴は動く。

だが——

——今は俺の方が、速い。


「——追いついたぞ」

俺はゴブリンの巨大な顔にしがみつき、額の石に触れた。

そして、そのままゴブリンの額に埋まっている赤い石を思い切り摑み——強引に、引き抜いた。

「グギャアアアアアアアアアッ!!」

額から鮮血が吹き出し、ゴブリンは苦しみの絶叫をあげた。

石を引き抜いた俺は飛びのいて、しばらく離れて奴の様子を見ていた。

ゴブリンは痛みにもがきながら、狂ったように暴れ、周囲の木々を力任せになぎ倒している。

地面を転がるようにして苦しみ、所構わず殴りつけ、自らも傷ついているように思える。

既に先ほどまでの知性は感じられない。

額の石を失った今、もう傷も治らないようだった。

「リーン……あとは頼めるか？　すまないが、なるべく苦しませずにやってくれ」

弱点の赤い石を引き抜いたことで、もうあのゴブリンが俺たちを襲ってくる気配はない。

でも、放っておけばコイツは人を喰らうという。

少し可哀想だが、今ここで退治すべきだろう。

「はい、分かりました……【滅閃極炎《ヘルフレア》】」

そして、リーンがスキルを発動すると、ゴブリンは一瞬で灼熱の業火に包まれた。

体を焼かれながら、炎の中から逃れようとすらしない。

叫び声を上げながら、自分に何が起こっているのかさえ分からない様子だった。

「――――許せ、ゴブリン」

そうしてゴブリンは、もがき苦しみながら断末魔の呻きをあげ、果てた。
リーンがスキルの発動を止めると黒焦げになった巨体が地面に残っていた。
それは初めて俺が……俺たちが、最弱の魔物『ゴブリン』を倒した瞬間だった。

19　不穏な動き

王子は外出用の灰色の外套《ローブ》を身につけたまま執務室の机に向かい、難しい顔をしていた。

つい先ほどまで、王子は自ら街へ出て情報を集めてきた。

だが、有用な情報は一つとして得られなかった。

目にした王都の姿は平穏そのものだった。

だが――――。

「一刻も早く手がかりを得て、対処をしなければ」

王子は思う。

これから必ず、何かが起こるはずだ。

その予兆を探さなければならない。

諜報部隊員には出来る限りの情報を集めるように指示をしてある。

最近起きたどんな小さな異変も見逃すな、と。

市井《しせい》に転がる些細な情報の断片を繋ぎ合わせ、これから起ころうとしていることを察知すること。

それが今の王子の仕事だった。

五年前に十五歳で成人を迎えてからというもの、「お前は国内の状況を誰よりも理解し、部下を使って適切に対処しろ」――それが父である国王が自分に命じた、唯一のことだからだ。

王子が部下を使って行っているのは、人を使った市民への聞き込みだ。

あらかじめ張っていた網に何もかかっていなかった以上、そこから漏れた情報を地道に拾い上げていくしかない。

だが、そんな悠長な調査をしていて、この逼迫《ひっぱく》した状況で成果が上がるのか……不安に駆られる。

――時間が足りない。手も足りない。

王子は今、焦っていた。

「誰か来た……な」

廊下に足音を感じ、王子は読んでいた機密扱いの調査資料を棚に戻した。

この軽い足音、参謀のダルケンではない。

とすると、調査に向かわせていた【隠聖】カルー率いる諜報部隊のうちの誰かか。


少し待つと、誰かが扉をノックする音が聞こえた。

「火急の報告に参りました」

「入れ」

男は扉を開けて執務室の中に入ると敬礼し、口を開いた。

「――――申し上げます。『魔獣の森』に『ゴブリンエンペラー』が出現しました」

王子はその報告に驚いて立ち上がり、被ったままになっていた灰色のローブのフードを払いのけた。

「ゴブリンエンペラーだと……？　被害は……!?」

「既にゴブリンエンペラーはリンネブルグ様とノール殿の手によって討伐された、とのことです。

その為、表立った被害は確認できておりません。近場で待機していた監視役が駆けつけ、魔物の遺骸の調査をしています」

「リーンと、あの男が……？」

ゴブリンエンペラーは少なくとも、『ゴブリンキング』と同じ「A級」の危険度に分類される。

金級冒険者が束になって対処して、初めて討伐できるレベルだ。

確かに『ミノタウロス』を仕留めたあの男と一緒であれば倒せても不思議ではない。

だが、もしリーンが一人であったなら。


最悪、殺されていたかもしれない。

王子の額を冷や汗が伝った。


「その後、我々もリンネブルグ様とも接触して状況を確認したところ、これを手渡されました。ゴブリンの額に埋め込まれていたものです。先日のリンネブルグ様の襲撃事件と同じ、かなり高純度の魔石です」

「例の『ゴブリンエンペラー』に力を与える為に埋め込まれるという魔石、か……待て。なんだこれは……!? こんなものが、ゴブリンの額に埋め込まれていたというのか……!?」

『ゴブリンエンペラー』の製造は、ゴブリンの表皮に魔石を埋め込み、膨大な魔力を注ぎ込むことで『ゴブリンキング』と同等以上の力を持つ魔物を人為的に作り出すという邪法。制御不能になりやすく、多大な被害をもたらすとして多くの国で実験することも禁止されている外法だ。

王子にもその知識だけはあった。

だが、そこにあったのは、目を疑うほどの純度と大きさを誇る魔石だった。

「これほどの純度の魔石となると、どれ程強力な『ゴブリンエンペラー』になるのか……想像もつかない、な」

「調査に向かった者の話だと、現場に残されていた魔物の遺骸は通常の『ゴブリンキング』の体躯の数倍はあったとのことです」

「……そうだろうな。こんなもの、異常だ」

これほどの魔石は、そうそうお目にかかれる物ではない。

先日の『ミノタウロス』召喚に使われた『魔術師の指輪』に仕込まれた魔石も馬鹿げたほどの高純度だったが、こちらは大きさが桁外れだ。

どちらも国宝級の魔導具に使われる物にも匹敵するほどの最上級品。

こんな魔石を、どうやって手に入れた？

しかも、ゴブリンに埋め込むなど、使い捨てにするような真似をするとは。

誰が――――こんなことを？

事件は魔導皇国の手引きによるもの。

そこは考えずとも、状況から導ける。

だが、これほどの魔石となると――――現状、知られているものとしては、神聖ミスラ教国で産出するという『悪魔の心臓《デモンズハート》』以外にない。

あの『魔術師の指輪』程度のサイズなら、ある程度の金銭を積めば手に入らないということもないが、こんなものはどんなルートでも手に入れようがない。

しかも、それをゴブリンの頭に埋め込み、使い捨てのようにして使うとなると……。

まさか、本当に手を組んでいるのか。

――――いや。今そこを考えても埒があかない。

「……余程の脅威だっただろうな。よく二人だけで討伐できたものだ」

「は。しかも、魔物は最初、高度な【隠蔽】で身を隠し、誰に気づかれることもなく『魔獣の森』に潜伏していたということです。リンネブルグ様の見立てでは、おそらくは数日か――――それ以上前から」

「……なに？　【隠蔽】で潜伏だと……!?」

王都内に、数日前から『ゴブリンエンペラー』が潜伏していた。

それも【隠聖】配下の王都の諜報部隊ですら感知できないほどの【隠蔽】だと？

いったい、何がどうなっているのだ。

魔導皇国が迷宮遺物から知識を得て開発しているという、未知の魔導具によるものか。

だが、そんな技術があるとしてだ。

そもそも、奴らはそんな巨体をどうやってこの国まで運んできた？

馬車に積んできたわけでもあるまい。

召喚魔術だとも考えにくい。流石にそれを発動させた瞬間に王都の感知網が捉える筈だ。

まさか、魔物を操って自分の足で歩かせたとでも？

……いや、もしかするとそれもあり得るかもしれない。

でも、どうやって？

――駄目だ、考えることが多すぎて埒があかない。

こんな時、頭に血が上り熱くなるのは自分の悪い癖だと、王子は思う。

こういう時こそ、冷静になる必要があるというのに。


「数日前から『魔獣の森』に【隠蔽】で潜伏、か……何か、その予兆はなかったのか？」

「今の季節の『魔獣の森』は薬草などの採集時期から外れているので、奥まで立ち入る冒険者はほとんどおらず、行方不明者などは出ていなかった模様です。

ですが、冒険者ギルドのマスターが三日前に「『魔獣の森』のゴブリンの数が減っているので調査を要請する。結果によっては『ゴブリン退治』の依頼受注数を制限したい」という旨の報告書を王都の警備隊に送ってきていました。時期によってゴブリンの個体数が減少することはよくある話なので、対処は後回しにされていたのだと思われますが」

「三日前か……他の地域でも、同じようなことが起きている可能性もあるな」

「まだ整理しきれていませんが、ご指示いただいた『過去三ヶ月以内の行方不明者や不審な事件の情報』は報告書に纏めてあります」

「すぐに見せてくれ」

「は。ここに」

王子は男から差し出された分厚い資料の束を手に取り、一枚一枚、素早く捲《めく》りながら目を通していく。

同時に一つ一つの報告を注意深く読み込み、頭に入れて整理していった。

それらは一見、無関係に見える話ばかりだった。

――夜、不審な物音がして眠れない。

――迷い猫・迷い犬が増えている。

――祖父が昨日散歩に行ったきり帰ってこない。

――近所の森が急に静かになった。

――真面目だった夫が、突然の失踪。

――ここ数日、家畜が異様に怯えて困っている、等。

王子はそれを一つ一つ丹念に読み込み、出来事の起きた場所を一つ一つ、頭の中に広げられた王都の広大な地図に書き込んでいく。

一見、何の関連もないように見えたそれらの無数の出来事。

だが、疑いを持った目でそれを整理して並べていくと――少しずつ、情報のまとまりが出来てくる。注意深く読み込むと、それぞれの些細な報告が近隣の「ある場所」を中心として起きているのが、見えてくる。

最近起きている、些細で不可解な現象を纏めた報告書の束。

諜報員たちが集めた、それらの情報を王子が頭の中の地図に重ね合わせていくと、ここ数日、王都内で不可解な現象が急に増えている地点が数十箇所あるらしかった。


――――その意味を理解した時、王子の肌は粟立った。


「今から私が指示する場所に【隠蔽探知】と【隠蔽除去】を使える隊員を編成してすぐに調査部隊を派遣しろ。それと【六聖】全員を呼べ……緊急召集だ。彼らが集まり次第、国王に状況の判断を仰ぐ。わかったか……？　――――わかったら、急げッ！　今すぐにだッ！」

「はッ」

王子が声を荒らげると、男はすぐさま執務室を後にし、廊下を走って去っていった。

思わず大きな声が出てしまったと、反省する。

自分のような立場の人間は、冷静にならなければならない。

そう思いつつも王子は今、激しく苛立っていた。

「……くそッ!!」

王子は拳を振り上げ、資料の束の載る執務机を叩いた。

握り込んだ拳に血が滲む。

いつも人前で冷静に振舞うことを心がける王子としては珍しいことだった。


だが、もはや平静ではいられなかった。

この状況を前にして、誰が冷静でなどいられるものか。


「――何故、もっと早く気がつかなかった」

もっと早く気がつけば、対処のしようもあっただろうに。

だが、これでは。この状況では。

最早、全ての対応が後手に回った。

今から、最速で行動を起こしたとしても全ては手遅れなのかもしれない。


王子の心に湧き上がる不安と、激しい怒りは、王子自身に向けたものであり――そして、これを引き起こした人物に対してのものに他ならなかった。

王子の苛立ちは誰もいない執務室の中で限界に達し、すぐに爆発した。

「――――なんだ、なんなんだ、これは……!?　奴らはここまでのことをするのか!?　我が国が一体、何をした!?　あいつら、人の命をなんだと思っているッ!?」


魔導皇国が『還らずの迷宮』の遺物を欲しがっているのは認識していた。

だが、ここまでのことを、するのか。

今まで、要求は厄介ではあるものの、同じテーブルにつき、交渉ぐらいはできる相手だとばかり思っていた。


だが甘かった。

相手はもう、こちらを同等の目線で話が出来る相手とは思っていないのだ。


――――そんなに、迷宮の資源が欲しいのか。


王子の頭の中に描かれた潜在的な「脅威」の潜伏しているであろう配置。

その意味するところ。それは――――

「これでは……これではまるで……!!」

王子は自分の血の滲む書類の積まれた執務机に突っ伏し、絶望の滲む声で呟いた。

「この国を、丸ごと滅ぼしに来ているようではないか」

20　討伐報告

あの後、すぐにリーンのお兄さんの部下だという男たちが現れ、しばらくリーンと何かを話し込んでいた。

彼らに俺がゴブリンの額から引き抜いた赤紫色の石を見せたらとても驚いていたが、何か調べ物をするために必要だというので渡しておいた。彼らは後で返すからと、礼を言って去って行ったが、その頃にはもう辺りは少し暗くなりかけていた。

俺たちは時が経つのも忘れ、相当にゴブリンとの戦闘に集中していたらしい。

暗くなると、夜の魔物が活動しだして森はより危険になるという。

俺たちは急いで『魔獣の森』を後にし王都へと急ぎ、今、ようやく冒険者ギルドへと戻ってきた。

もちろん、「ゴブリン退治」の報告をするためだ。

「おじさん、帰ったぞ」

「なんだ、ノール……やけに上機嫌じゃねえか」

さすがに毎日のように顔を合わせているだけあって、冒険者ギルドのおじさんは俺の雰囲気の違いに気がついたようだ。

そう、確かに俺は今少しばかり浮かれている。

だが、無理もないだろう。

記念すべき、ゴブリンの初討伐。

世の冒険者にとっては小さなことかもしれないが、俺にとっては大きな一歩だ。

俺は倒すことができたのだ。

初心者の冒険の入り口と言われる、あの『ゴブリン』を。

自然と喜びが顔に出てニヤニヤしてしまう。

「ああ、なんとかゴブリンを倒せたからな」

「……本当か？　……無茶はしてないだろうな？」

「ああ、そのつもりだったが……思ったよりずっと大変だった。リーンに助けてもらってなんとか倒せた、といったところだったな」
実際、かなり危ない戦いだった。
ゴブリンは俺一人では到底敵わない、強敵だった。
リーンが一緒にいてくれたからこそ見つけられたし、倒すことができた。
彼女には感謝してもしきれない恩ができたな……。

「なんだ……もしかしてお前、見てただけか？　キあ、それが賢明っちゃあ、賢明だが」
「ああ、実際、少し手伝ったぐらいのものだしな。ほとんどリーンにやってもらったようなものだ
……やはり、銀級というのはすごいな。使えるスキルの数も桁違いだし、本当に助けられた。彼女がいなければ今ごろどうなっていたか、わからない」
「そ、そんな、私こそ先生のお手伝いをしただけで……!!」

リーンはなんだか慌てた様子で赤くなっている。
そんなに謙遜しなくてもいいのに。
だが、この子が本当にすごいのはそういうところなのだろう。
とんでもない能力を秘めているのに、驕らず、誰にでも謙虚に接する。

この歳でここまで人間ができているとは――――俺も少しは見習いたいものだな。

「まあ、怪我もないようで何よりだ。ただのゴブリンとは言え、初心者には脅威には違いねえしな……いい経験になったんじゃねえか？」

「ああ、本当にその通りだ。何事も経験だな。実物を見るまで、ゴブリンがあんなものだとは思いもしなかったし、ゴブリンの額に石が埋まっていて、そこが弱点になっているなど考えもしなかったしな」

興奮冷めやらぬ俺の言葉に、おじさんは少しばかり変な顔をした。

「ん？　額に石……？　なんだそれは？」

「いや、赤紫色をした、綺麗な石のことなのだが……」

「ああ、魔石のことか。だが、ゴブリンの体内に生成される魔石は大抵、心臓の近くとか喉元とか、体の中心近辺に埋まってるもんなんだが……？」

「……そうなのか？」

おじさんはしばらく考え込むようにあご髭を撫で、胡散臭そうな目で俺を見つめた。

「……なあ、それ、本当にゴブリンだったのか？」

「確かにゴブリンだったと思うぞ……そうだな、リーン？」

「はい、先生がそうおっしゃるなら……あれはゴブリンです。誰がなんと言おうと」

なんだか随分語気を強めているが……どういう意味だ？

まあ、彼女もゴブリンだと言っているし、きっとそうなのだろう。

おじさんはリーンの言葉を聞いてまだ妙な顔をしていたが、一応納得はしてくれたらしい。

「そうか、疑って悪かったな。ゴブリンにも色々種類があるもんでな。確認しとこうと思ってな」

「……普通、ゴブリンの頭に石はないのか？」

「まあ、普通はそうだな。だが必ずそうだと決まってるわけじゃねえ……頭のあたりに埋まってたって話も聞かねえわけじゃねえしな。もしかしたら、額に埋まってるやつもいるかもしれねえ。お前が倒したのはそういう、珍しい個体だったのかもな」

「なるほど、ゴブリンの個体差か――――そういうのもあるのか。面白いな」

やはり実体験に勝るものはない。

だが、もう一度奴と戦っても、確実に勝てるという自信はない。

リーンがいたからなんとか倒せたが、不測の事態が起こらないとも限らない。

たまたま出くわしたのが一匹だけだったから良かったようなものの、あれ程の巨体が何匹も出てきて囲まれでもしたら、きっと危なかっただろう。

「だが、ゴブリンはとても危険な生き物だということもよくわかった。今回は運が良く相手が一匹だったから勝てたが、二匹、三匹となると……厳しいだろうな」

「ああ、一匹倒して油断した初心者が背後から襲われてやられるってパターンは腐る程ある。雑魚とはいえ、囲まれると熟練した冒険者でも危ねえこともあるんだぞ？　たまたま、数が少ない時期でよかったな」

「そうだな。当分、ゴブリン退治はやめておこうと思う。今回のことで自分の実力不足を思い知ったしな……あまり、自分を過信して危険なことはしないほうがいいと思った」

次に挑戦するときには、もう少し鍛えて強くなってからにしようと思う。

それに、あの重たい黒い剣の扱いにも早く慣れた方がいい。

ゴブリンに大木を一斉に撒かれた時には、対処に困ってしまった。

あんな風に、いざという時うまく振れないようでは困るからな。

「自信がないならそれが賢明だ。無茶だけはするなよ。一つしかない命だからな」

「ああ、自分の実力は自分が一番わかっているつもりだ。無理はしない」

だがそもそも、ゴブリン退治は俺には向いていないかもしれないな。

人の形をしているものを倒すというのは、あまり気分のいいものではない。

倒す間際に、ゴブリンが可哀想になってしまった。

次は、他の魔物の討伐依頼を紹介してもらうことにするか。

「それじゃ、討伐証明部位を出してくれ。換金するから」

「ん？」

討伐証明部位？

なんだったか、それは。

「ん、じゃねえよ……言っただろ？　ゴブリンの討伐証明部位は右耳だから、忘れずに持って帰ってこいって」

「……そういえば、燃やしてしまったな」

ゴブリンは丸ごと、リーンのスキルで燃やしてしまった。

倒すのに必死で、そんなところまで頭が回らなかったな。

「おいおい、証明部位を持ってこないと報奨金は出せねえんだぞ。まあ、一匹程度じゃたかが知れてるが……ったく、仕方ねえな」

おじさんは文句を言いながら、俺の手元に銀色の硬貨を一枚投げた。

「これは？」

「俺からの『ゴブリン初討伐祝い』だ、持ってけ。今日の稼ぎはほとんどねえだろ？　風呂と飯代ぐらいにはなる」

「……いいのか？　気を遣わせてしまって悪いな。では、有難くもらっておく」

確かに工事現場がお休みだったせいで今日の稼ぎはほとんどない。

手伝ってもらったリーンには申し訳ないし、あとでこれでも渡しておこうか。

風呂に入る分ぐらいは今までの蓄えがあることだし、全く問題ないしな。


「今日も色々助かった。今日はもう帰ることにする、また明日よろしく頼む」

俺はおじさんに別れを告げ、冒険者ギルドを出ることにする。


本当に、今日は大変な日だった。

いつもの『土運び』とは比べ物にならないぐらい良い運動をしたと思う。

やはり、魔物退治というのは聞いていた通り、大変な仕事だったな。

随分と体も汚れてしまったし、帰りに浴場に寄って汗を流すとしよう。

……まさか、リーンはそこまではついてこないよな？

もういい時間だし、さすがに家に帰ってもらおう……そうしよう。


「では、私もこれで家に帰らせていただきます……よろしいでしょうか、ノール先生」

……良かった。素直に帰ってくれるらしい。

いや、そんなことで喜んではいけない。

彼女には今日は本当に世話になった。

礼ぐらい、言っておくべきだろう。

「もちろんだ。今日は本当に助かった。また機会があれば頼むかもしれないが、いいか？」

「はい、私でよろしければ。必ず何かのお役に立ってみせますので」

そう言ってリーンは微笑みながら胸に手を当て、静かに礼をした。

毎回それをやるのか……律儀なものだ。

そんなに俺に対して畏《かしこ》まることはないと思うのだが。


「では、ギルドマスター。私はこれで失礼します」

「ああ、またな、リーン」

俺たちは揃ってリーンに手を振り、彼女がギルドの入り口へと歩いていくのを見送った。

おじさんは俺と一緒にリーンの背中を眺めながら、低い声で話しかけてきた。

「で、ノール……お前さん、いつまでこんなこと続ける気だ？」

「こんなこと、とは？」

「まあ、こういう話をするのは何度目かも分からねえから、分かってると思うけどよ……。今日なんて建築ギルドの親方から『あいつは是非ともうちに欲しいからお前から説得してくれ』って、頼み込まれちまったんだよ。……随分と気に入られてるみたいじゃねえか？　あの頑固親父があんなに人を褒めちぎるなんて、見たことねえぞ？　聞いた話じゃ、待遇もべらぼうにいい。ゴブリン退治の比じゃねえんだぞ？　あそこは王都でも指折りの優良な商会を幾つも抱えてるし、あの親父のところに行けば、一生食いっぱぐれねえ。それは俺が保証してやる。だから、お前さんも結構いい歳なんだし、いい加減、所帯持つ心構えをだな――」

「いくら言われても、俺の気持ちは変わらないが」

「そりゃあ、知ってるけどよ、でもなあ……」

おじさんのいつもの長い話が始まりそうだったので、俺はさっさと途中で断って、ギルドを出て行こうとしたのだが。

ふと、ギルドの入り口に勢いよく入ってくる人物を見つけた。

あれは確か――

「……リーン、ここにいたのか。では、ノール殿もここか」

「……お兄様？」

そう、彼はリーンのお兄さんだ。

彼とギルドの入り口ですれ違うような形で顔を合わせたリーンは、少し驚いていた。

リーンのお兄さんは俺を見つけると、まっすぐに歩いてくる。

俺とギルドマスターのおじさんは顔を見合わせた。

「……おいおい、今日はどうなってるんだ？　リンネブルグ様だけじゃなく、レイン様までお前さんに用があるらしいが……本当に、何かやらかしたんじゃないだろうな？」

「いや、俺は何もしていない……はずだ」

……と、思う。多分。

おじさんには俺が王都に来たばかりで常識もよく分からなかった頃、色々迷惑をかけたり世話になった手前、あまり強くは言えないのだが……。

俺たちが少し戸惑っていると、リーンのお兄さんはまっすぐ俺のところに近づいてきて——とても険しい表情でこう言った。

「ノール殿。急な話ですまないが……明朝、リーンと山岳地帯の街へと向かってくれないか。馬車と、護衛を一人つける。悪いがすぐには詳細をお伝えはできないのだが——協力してくれ」

21　山の街への馬車の旅

翌朝。

俺たちは馬車に揺られていた。

あの後、リーンのお兄さんに「旅費と報酬は十分に出す。頼む。今頼れるのは本当に貴方しかいないのだ」と、頼み込まれてしまったのだ。事情はよくわからなかったが、なんでも、人手不足で俺以外にすぐに確保できる適役は居ないという。

他にいくらでもいそうなものだが……ヒマそうだったのは俺ぐらい、ということだろうか。

確かに、迷宮前の工事現場は暫くお休みらしいし『ドブさらい』依頼で掃除する側溝も、貰った黒い剣のおかげで思っていた以上のペースで綺麗になった。

おまけに今朝はあまりに調子が良かったので、十日分の依頼予約分を一気に掃除してきた。

当分、掃除の必要はないだろう。

それを考えると、タイミングとしては本当に丁度良かったと思う。

俺たちは馬車で王都の北西――――山岳地帯の街トロスへと向かい、そこにしばらく滞在することになるらしい。その後、特に何も異変がなければそのまま山を越え、隣国『神聖ミスラ教国』へ向かって欲しいと言われた。馬車に同乗するイネスが、その為に必要な書状を持っているという。

俺が頼まれた仕事の内容としては、ただリーンについていくだけ。

リーンのお兄さんは、

『――――何事もなければ旅行のようなものなのだが』

と言っていたが……。

俺は何をするわけでもなく、何事もなければ本当にただの旅行になるらしい。

なんとも奇妙な依頼だが、俺はそれならば、と承諾した。

「兄が無理を言ってしまって、すみません……行く先で本当に何事もなければいいのですが」

「いや、なんでもないことだ。依頼料も貰ってるしな」

今回は冒険者ギルドを通しての依頼となっている。

ギルドのマスター《おじさん》ともその場で話し合い、それがいいだろうということになった。

俺の今の冒険者ランクは『F』なので、王都外の素材採取や討伐依頼の受注はできないのだが、ただの付き添いや荷物持ちなら別にいいという。

つまり今回、俺はリーンの世話をするお供。お手伝いさんという扱いだ。

冒険者としてはあまり取り柄のない俺だが、重いものを持ったり運んだりすることには自信があるので、その点、確かに適役かもしれない。

リーンのお兄さんには報酬は言い値で出すと言われたが、相場がよくわからないので冒険者ギルドのおじさんに任せておいた。おじさんには「相当にいい条件で受けてやったから、安心して長旅してこい」と言われたが――正直、金額を言われてもピンとこなかった。

リーンにも「一緒に来てもらえたら嬉しい」と言われたこともあるし、俺は彼女には昨日のゴブリン退治の借りもある。彼女の頼みでもあるならもう断る理由はないだろう。


とはいえ、今回俺がこの依頼を受けた本当の理由は別にある。

リーンにも、おじさんにもまだ言ってはいない。

別に秘密というほどのことはないのだが……まさか依頼を受けた一番の動機が――馬車というものに乗ったことがないから、乗ってみたかっただけ――とは、中々言いづらいのだ。

でも正直なところ、それが俺にとっての最高の報酬だ。

俺は王都の他の街も山を降りるときに通りすがった村ぐらいしか見たことがない。

他の街も、見てみたい。

そして今回、運が良ければ他の国へも行けるという。

そこにも是非とも行ってみたい。


俺はとにかく、いろんな場所を旅して回ってみたいのだ。

本当はちゃんと冒険者になって自力で旅して回りたいのだが……それはまだまだ先になりそうだ。

でも、誰かの付き添いであっても見聞を広めておくに越したことはない。


そんなわけで、今回の旅は俺にとっては願ったり叶ったりの仕事だ。

出発前に食糧や荷物を積み終えると、俺は何もすることがなくなったが、何の気兼ねもなく、ゆったりとした気持ちで馬車の旅を満喫していた。

俺たちが乗る馬車はかなり豪華な造りだ。

座席が柔らかく、とても座り心地がいいし、しっかりとした屋根がついていて、薄いがちゃんと壁もある。

左右の大きなドアを開けて乗り込むような感じだが、それでいて中は狭苦しいということもなく、左右も前後もしっかりと見渡せるような大きな窓があって、しかも開閉ができるという。

気分次第で風を受けながら走ることができるというので、リーンに頼んで前と後ろの窓を開けてもらい、俺たちは今、涼しい風を受けながらのんびりと馬車に揺られている。

窓から見える風景はのどかだ。

辺り一面に小麦畑が広がり、収穫の時期を迎えようとしている。

そういえば、この辺りは住んでいた山から降りてきたときに通った道に近いが、あの頃はまだ麦は植えられたばかりで青々としていた。

季節が変わっただけで見違えるものだ。

今は見渡す限り黄金色の平原、とでも言うのがふさわしい。

この風景だけでもこの土地が肥沃で、この国が豊かなのだということを実感する。

俺も『冒険者』になって冒険をすればこんな風景を……いや、これ以上に凄い風景を他にも沢山見ることになるのだろうか。

――――見てみたい、な。

馬車から身を乗り出す俺の姿は傍目には浮かれてはしゃいでいるように見えるかもしれない。

実際、そうだからだ。

だが、御者用の座席に座っている人物は浮かない顔をしていた。

護衛役のイネスだ。

馬車には彼女と俺とリーン、三人が乗っている。


「ノール殿────巻き込んでしまって本当に済まない」

目が合うと、謝られてしまった。

旅行ぐらいで大袈裟な、とは思うが、責任感の強そうな彼女のことだ。

こんな風に他人と接するのが当然のことなのかもしれない。

でも、今日の彼女はだいぶ顔色が悪いような気がする。馬車は人によっては『酔う』らしいが。

「……体調でも悪いのか？」

「いや、少し考え事をしていただけだ……すまない。これから、貴方のことは私が責任を持って護る。あまり心配はしないでくれ」

いや、俺自身はあまり心配はしていないというか……どちらかというと彼女の様子が心配ではある。さっきからどこか思い詰めたような顔をしているし、それに、イネスは俺のことも護衛してくれるとは言うが、彼女の主な役目はリーンの護衛だろう。

馬車を引く馬の手綱も彼女が握っているし、少人数の旅で役割が重なっているのだ。

なんだか具合も悪そうだし、これ以上無理をさせようとは思わない。

「いや、なるべく自分の身は自分で守ろうと思っているぞ……逃げ足には自信があるからな」

俺はゴブリンをやっと倒せるようになったばかりだし、あまり腕には自信がないが、逃げたり隠れたりするのは得意な方だ。

山で狼の群れに囲まれてからでも、無傷で逃走が可能な程度には逃げ足には自信がある。

「いや――――私には【盾】があるからな。周りにいる人間を護るのは私の役目だ」

「……盾、か？」

そう言われて俺は前の席に座るイネスの格好をまじまじと見つめた。

彼女は前にあった時と同じ、メイドのような服の上に銀色の鎧を身につけている。

だが今、彼女の周りに盾らしきものは見当たらない。

「……何も持っていないように見えるが？」

そういえば、武器の類も見当たらないな。

「なくてもいいんだ。私の場合は。むしろ、無い方が色々と都合がいい」

「そうか」

とは言ったものの、正直、意味はわからない。

そんな俺の表情を察したのか、イネスは少し笑った。

「そうだな――――実演して見せようか……【神　盾《ディバインシールド》】」

イネスが片手を宙にかざすと突然、空中に輝く巨大な光の壁が現れた。

それはただの光にも見えたが、確かにそこに『壁』があるように感じる。

走っている馬車の前方から来る風が完全になくなったのだ。


「すごいな……つまり、これが君の『盾』か」

「ああ、何かあったら、この光の盾の後ろに身を隠してくれ。大抵の武器や魔法は通さない」

「そうだな、そうさせてもらおう」

たった三人での旅行に多少の不安もあったのだが、きっとイネスがいれば安心だろう。

リーンによれば、彼女はリーンの家の練兵場で俺に訓練をつけてくれたあの槍の男——確か
……アルバー……いや、ギル……？

……そうだ、思い出した。

あのランバートと同じぐらいの強さらしい。

リーンが教えてくれた話によると、彼はなんと竜を一人で仕留められる程の腕前だという。

ゴブリン一匹相手に四苦八苦している俺とは全く格が違うのだろう。

だとすれば、彼女も相当な強者に違いない。

では、イネスの言葉に甘えて存分に頼らせて貰おうか。

そうして俺は安心して旅客気分で馬車から見える広大な麦畑の風景を楽しんでいたのだが、ふと眺めていた広大な麦畑の風景にふと違和感を覚え、周囲が見渡せる御者席に身を乗り出し、目を凝らした。

「なんだ、あれは？」

よく見ると、遠くの麦畑に奇妙な道のような跡が出来ている。

たまに強風で作物が倒れて被害が出るという話は聞いたことがあるが、そういう感じでもない。

まるで、踏み均《なら》された一本の道のようになっているのだ。

「なんだ、ノール殿……？　どうかしたのか？」

俺の声にイネスも麦畑を見回したが、見つけられないようだ。

だが、畑の随分奥の方なので見えづらいが確かに何かが動いているようにも見える。

あれは、何だろう？

「どうかしたんですか……？」

俺たちの会話を聞いていたのかリーンも馬車の中から身を乗り出し、小麦畑を眺め回した。

「あそこ、確かに何かいます」

彼女の目には何かが見えたようだ。

そして、急に驚いたような表情になった。

「――――ッ！　【隠蔽除去《アンカバー》】！」

リーンが何かのスキルを使った。

すると視界の奥で透明なヴェールが剝がれるようにして、何かが姿をあらわす。

そこには、ぺたり、ぺたりとゆっくりとした足どりで歩く巨大な黒いカエルのような生き物と、その傍に立つ一人の小柄な少年がいた。

麦畑の中に突然現れた少年は、辺りを見回して、何か驚いているようだった。

すると不気味なカエルと少年の視線が合った。

危ない、と思うより先に、俺の足は動いていた。

「待て、あれは――――!!」

背後からイネスの声が聞こえる。

だが俺はすでにその時、【身体強化】を使い、カエルと少年の所へと全力で走り出していた。

22　黒死竜

王女の【隠蔽除去《アンカバー》】によって突如現れた生物の姿に私は息を呑んだ。

「あれは……まさか、黒死竜……!?」

あれは、まるで巨大な黒い蛙のような姿をしているが、獰猛な性格を持つれっきとした竜種。

『黒死竜』だ。

黒死竜は鉄よりも硬い爪で獲物を引き裂き、頑丈な牙で岩をも噛み砕き、本能のままに動くものなら何でも喰らうという。

何よりも恐ろしいのが、その喉の奥の嚢《ふくろ》に蓄えられた瘴気《しょうき》を吐き出すブレス。

そのブレスを浴びた生物の身体は、例外なくあっと言う間に焼け爛《ただ》れ、真っ黒な死体と化す。

その凶悪な瘴気のブレスを持つが故に『黒い死をもたらす』存在として『黒死竜』と呼ばれ、この大陸に生息する魔物の中でも最も凶悪な生き物の一つに数えられる。

竜種故の戦闘能力の高さもさることながら、広範な地域に被害を及ぼす瘴気ブレスの危険性から『特A級』の脅威度として扱われる、超危険種。二次的な被害も甚大で、黒死竜の吐いた瘴気が土地に染み込み、辺り一帯を黒く焼き続けて不毛の地となってしまった場所も数知れない。

だが、どうしてあれがこんな人里に近い場所で。

『黒死竜』は通常なら毒沼地帯の奥深くにしか生息しておらず、滅多に遭遇することはないと言われている。

――――まさかあの子供。

あの外見の特徴は。

聞いた話でしかないが、おそらく間違いない。

「……魔族が、どうしてここに」

二百年以上前に神聖ミスラ教国と大きな争いを起こし、大敗して国を失い、世界中に散らばった忌み嫌われる亜人族――――『魔族』。

彼らは人と同じような姿をしているが、決定的な違いがある。

魔獣と自在に心を通わすことができるという特殊能力を誰もが、生まれながらにして持つという。

彼らは生まれながらにして、魔物に近い存在だと言われる。

事実、凶暴な魔物を手足の如く操り、多くの都市を危機に陥れたという記録が残っている。

だが、本物を目にした者はほとんどいない。

『魔族』は狩り尽くされ、ほぼ絶滅したと言われているからだ。

私も実物を見るのは初めてだった。


とはいえ、完全に絶滅したわけではない。

先の大戦の生き残りが復讐の為、何処かに息を潜めているとも言われている。

見つけ次第の討伐が推奨されており、もし生捕りにして、魔族を目の敵にしている神聖ミスラ教国に引き渡せば莫大な報賞が渡されるという。

その為、かつては『魔族狩り』を標榜する冒険者までいたというが。


「まさか、あの黒死竜は。あの魔族が操ってここまで……!?」

あの子供が魔族であった時点で、おおよその察しはついた。

おそらく、黒死竜はあの魔族の子供がここに連れてきたのだ。

でもなぜ、こんな場所に『黒死竜』を。


あれをあのまま放っておけば近隣の街は壊滅する。

だが――――打つ手がない。

この人数ではあれに対して、何もできない。

瘴気のブレスを浴びればどんな屈強な人間でも即座に命を落としてしまう。

何の対策もなく自ら近づくのは自滅しに行くようなものだ。


――――なのに。

なのに、あの男は――――――!!


「――――先生!!」

「リンネブルグ様、駄目です」

男を追って飛び出そうとする王女を、私は咄嗟に【神盾】で生み出した『光の盾』で行く手を遮り、強引に止めた。

自身の行動に矛盾と葛藤を感じる。

本来、同行者を守ることは自分の役目。

それに私は先ほど、あの男のことをこの『盾』で守ると言ったばかりだ。

でも何より、今は私はリンネブルグ王女を守らなければならない。

それが私の最上位の使命。


あの男のことはあきらめるしかない。

そう自分にそう言い聞かせる。


飛び出して行ったあの男、ノールは今、黒死竜の爪を片手剣で弾いていた。

それはとても信じられない光景だった。

自身の師であり、養父でもある、【盾聖】――【不死】のダンダルグがかつてそれを手にした時、全力を振り絞って両手で一振りするのがやっとだったと言うあの『黒い剣』を、あの男は片手で軽々と振っている。

そして、その剣を使って、まともに受ければどんな武器も叩き折られるという竜種の爪を、いとも簡単に真正面から弾いているのだ。

あの狂犬ギルバートをして「冗談のような強さ」と言わしめ、あの『ミノタウロス』をたった一人で退けた実力は本物だ。

私の目から見ても、彼は疑いようもない強者だった。


でも、それだけでは――駄目なのだ。

黒死竜の本当の脅威はあの巨体から繰り出される爪や牙でない。

あれを目にしたなら、すぐさま反転し逃げるべきだったのだ。

今の戦力では、私たちには為す術もない。

今からでも王都に本隊を呼びに帰って協力を――いや、だめだ。

今、【王都六兵団】の全ての兵は出払っている。

だからこそ、私はこの任務を言い渡されたのではなかったか。


私は王子から『密命』を受けている。


『これから、王都はこれまでに経験したことのない危機に陥る。もし王都壊滅の報が届いたら、その時はリーンを連れ、すぐさまノール殿と共に『神聖ミスラ教国』に亡命せよ』と。

王女にその状況を説明することは禁じられた。

これを言えば、あいつは国に残ると言い出すから、と。
判断に異存はない。だが、葛藤はあった。
仲間が、部下が死を賭して戦っている間、自分だけが逃げおおせるなど――。
王都に残してきた同僚たちを思うと、後ろめたく感じる。

――いや、これは任務だ。
王女を護り、安全な場所まで送り届けるという仕事。
私も王女を護るためにはこの身を全て捧げる覚悟で今まで生きてきた。
国のために命を捧げる点では彼らと一緒なのだ。
そう思って、ここまで馬車を走らせてきた。

だが、想定外の事態が起こった。
行く手に『黒死竜』が現れた。
恐らくあの魔族による誘導によって配置されていたのだ。
もしや敵は王女のこの逃走ルートを見越していた？
いや、そこまではわからない。

だが、どの道、もうこのルートは亡命には使えないだろう。急いで引き返さざるを得ない。

ここはもう山岳都市に近い。

『黒死竜』は人里の近くに出現したなら、最低でも街の一つ二つは消滅を覚悟しなければならないクラスの脅威。あの魔物を放っておけば、近隣の都市には多大な被害が出るだろう。

だが私は、多くの人間の命が奪われるのを知りつつ、逃げなければいけない。

この少人数ではどう頑張ってもまともな対処はできないのだから。

私は王国で最強の【盾】などと呼ばれながら今できることは、ただ一つ。

全力での撤退。

それなのに――――!

「あの男はいったい、何を考えているのだ――――!!」

思わず、男を責めるような声が出た。

男が馬車を離れ、王女もそれを追い、私がかろうじてその行動を止めたはいいが馬車からかなり離れてしまった。

今から態勢を整えて逃げようとしても、すぐには出発できそうもない。

あの男が飛び出して行ったことで、完全に撤退のタイミングを逸した。


あの男はきっと、何も考えずになりふり構わず飛び出していったのだろう。

それも恐らくは、あの魔族の少年を助けるために――――だ。


――――愚かだ、あの男は。

そう思わずにはいられなかった。

きっと、あの男は知らない。

あの黒い竜はあの少年が連れてきたのだと言うことを。

目の前で殺されそうになっている子供がいるから助けに行く。

そんな単純な思考で、いや思考する間も無いほど瞬時の判断で助けに向かったのだろう。

その動機は理解できる。


でも、この脅威の元凶となった者を自らの命を投げ出してまで助けに行く。

その行為はどう考えても矛盾していた。

――もし、知らなければ私だって助けに行ったのに。

次に湧き起こったのは、そんな感情だった。


自らの身体を投げ出してでも弱き人々を守る――それが自分たち【戦士】職のあり方だ。

私だって目の前で脅威に怯えている人間がいれば守りたいと思う。

そんな姿に憧れこの仕事に就き、ずっとその為の訓練をしてきているからだ。


だが、御伽話の登場人物でもない人間には出来ることなど限られている。

身を挺して誰かをかばった結果、かえって誰かを危険に晒すことだってある。

誰かを護る時には、冷静に誰を護るかを秤にかけなければいけない時がある。

それが、今に他ならない。

なのに。


――なんなのだ、あの男は。

私は気づけば、強く唇を噛んでいた。

リンネブルグ様を気安く「リーン」と呼ぶあの男。

王女が危機の時に駆けつけて命を救い、王が愛用していた『黒い剣』を手渡された男。


――私は、あの男の名前をずっと前から知っていた。

私の育ての親であり、尊敬する師でもある【盾聖】のダンダルグから何度もその名を聞いていた。

訓練中でも、討伐遠征中でも、何か困難に直面した時に義父《ちち》からはことあるごとにその男の名前が出た。

『こんな時、あいつが……ノールが居てくれりゃあなぁ』と。

それが、彼が私に対してだけ漏らす口癖のようなものだった。


それを聞くたびに、私はそれが誰なのかを聞いた。

義父《ちち》は笑って、今のは忘れてくれ、というばかりで決して答えようとはしなかったのだが。

でも、義父《ちち》は何度もその男の名前を口にした。

あの男の名前を口にする度に、苛立ちを憶えていた。

ここに私がいるのに、何故わざわざそんな奴の話をするのか、と。

自分の中に湧き上がる感情が、とても不思議だった。

他人《ひと》に言わせると、私はあまり人に対して興味を持つことがないらしい。

確かに、そのように私から自身を律していたようにも思う。

経験上、私は他人から距離を置かなければならない存在なのだと、そう思っていたのかもしれない。


幼い頃、冒険者だった父と母が失踪し、孤児となった私は王都の孤児院に引き取られた。

そこでしばらく生活している中で、私は自分が不思議な力を持っているのに気がついた。

少し意識すると、目の前にうっすらと、光の膜が出る。

それがなんなのかわからず、私は単に綺麗だからと一緒に遊んでいた子供に見せ――そして、そのままその子の腕を切り落とした。


以来、私は周囲からの恐怖の対象になった。

それが史上稀に見る【恩寵《ギフト》】と分かると、もて囃《はや》されはしたが――周囲の目線は変わらないままだった。

近づけば、危険があるような人間だと思われたのかもしれない。

それも無理はないと思う。

実際、私の【恩寵《ギフト》】は使い方を誤れば、周りの全てを滅ぼすことが出来る――――そう、【魔聖】オーケンに言われて納得し、私は自分が唐突に得た力の使い方を学びながら、ずっと人と関わることを避けてきた。

そうして、人から距離を置くことが当たり前になり、だんだんと他人の言動に感情を揺さぶられることもなくなった。

……その筈なのに。

何故こんなにも、自分がその名前しか知らない男に嫉妬が入り混じったような感情を抱くのか、不思議でならなかった。

そして、その男が目の前に現れると私は更に困惑した。

私が命を賭して仕えてきたリンネブルグ様を気安く呼び捨てにし――――私が居ることが長年の役目であった筈の彼女の傍らに当然のように立つ男。

それがあの「ノール」だと知り、全てを奪われた気分だった。

馬車の中でわざわざ護る必要のないあの男を、わざわざ「護る」などと言い出したのもそんな無様な競争心があったのだろう。

本当は、あの男が飛び出す瞬間、私は強引に止めようと思えばできたはずだった。

でも、私はそれをしなかった。

彼が義父ダンダルグの言っていた、あの「ノール」だと知っていたからだ。


私は一瞬、思ってしまったのだ。

もしかしたらあの男なら。

王に認められ、王女にも認められ、ギルバートにも、義父ダンダルグにも、【六聖】全てに認められているというあの男なら。


――あの厄災としか思えない存在を、なんとかしてくれるのではないか、と。


私は期待してしまったのだ。

嫉妬とも羨望ともつかない感情が湧き上がり、私はあの男の行動を許していた。


……確かに、あの男は愚かだろう。

それと知らずに死地へと赴いたのだから。

でも、あの男を愚かというのなら――――それよりもずっと愚かなのが私なのだろう。

それと分かっていて、あの男を死地に行かせたのだから。

「――――リンネブルグ様、瘴気が来ます。備えてください」

男が対峙している黒死竜の顎が、大きく開くのが見えた。

喉の奥に見えるのは漆黒の瘴気の渦。

最も恐れていたものが、今ここで放たれる。

「先生……！」

「あきらめてください。もう、あの男は助かりません」

漆黒の塊のような瘴気のブレスが黒死竜から放たれた。

それは男に直撃し、爆発するように霧散した。

辺り一帯が、あっという間に濃密な黒い霧で覆われる。

「来ます――――リンネブルグ様、私の後ろへ――――ッ！」

咄嗟に私は【神盾】を発動し、黒死竜との間にありったけの光の盾を生み出した。

光の盾が無数に重なり合い、光の城壁と化す。

だが、それだけでは瘴気は完全には防ぎきれない。

隙間からやってきた瘴気を、王女が【僧侶】系スキル【浄化《ピュリファイ》】で中和していく。

それでなんとか、自分たちと馬車を引く馬は守り切れている。

でも、それだけ。それが私たちの精一杯の抵抗だ。


「先生……！」

「あきらめてください、あれではもう助かりません」

「で、でも――――！」

「ダメです！　今は、ご自分が生き残ることだけ考えてください――――ッ！」

私は王女を怒鳴りつけるように諭しながら唇を噛んだ。


この事態は予測できた。

あの男が一人で飛び出していったその時から。

だからこそ、怒りを感じる。

後先考えず飛び出していったあの男に。

そして、それをすぐさま止められなかった自分自身に。

結果、王女の命まで危険にさらしている。

結局誰も、護れていない。


――――私は護衛失格だ。


黒死竜の吐き出す瘴気は一層、濃密な塊となっていく。

あの男はもう完全に助からない。

黒死竜の瘴気は一息吸っただけでも致命の毒。

高位の【僧侶《クレリック》】でも治療は不可能に近い。

仮に、【癒聖】セインがここにいたとしても、助かる見込みはほぼないと言える。

これほどの濃い瘴気だ。数秒と生きてはいられないだろう。


「先生……！」

王女はひたすら男の身を案じている。

だが、もはや助からない。

それどころか自分たちも危ない。

今はただ、王女を守り抜くことだけを意識する――――だがふと、黒い霧の奥で何かの音がした。

「……なんだ……?」

おそらく、あの男が黒死竜と戦っている音だろう。

最後の力を振り絞って抵抗しているのだ。

音はしばらく鳴り止まない。

時折、何かが弾けて割れるような音がする。

「……何の音だ……?」

聞きなれない音に、私も王女も疑問を覚えた。

不意に辺りの平原に強い風が吹いた。

濃密に立ち込めていた瘴気が一瞬、晴れる。

黒い霧の奥で黒死竜が爪を振り下ろすのが見えた。

そして、それを片手剣で弾く男の姿が。

信じがたいことに、男は黒死竜の前にまだ立っていたのだ。

全身のあらゆる所から、多量の血を噴き出しながら。

「……先生」

あれはもう、助からない。

誰もが一目で判るほどの重症だった。

それなのに竜を静かに見据え、その前に立ち続けている。

立ち込める瘴気が少しずつ晴れていく間、ずっと背後に座り込む魔族の少年を守るようにして、男はひたすら手にした剣で黒死竜の爪を弾いている。


その姿に、王女も私も言葉を失った。

そして、理解した。

あの奇妙な音――――それは、黒死竜の爪が一本ずつ砕ける音だったのだ、と。


私はもう、その姿を愚かとは言い切れなかった。

なぜなら、それは自分がずっと憧れ、追い求めた姿。

自らを顧みず危険に飛び込み、己の命を代償にしてでも誰かを守りきる――――そんな自身の思い描いていた理想の『盾』の姿がそこにあったのだから。

23　呪われた子

その少年が人を殺すのは今日が初めてだった。

「……うまく、できるかな……」

少年は恐ろしかった。
この世界の誰にも忌み嫌われる『魔族』という呪われた血を宿す存在でありながら、少年は血を見るのが怖かった。

少年が血を見ること。
それは、すなわち、自分の血を見ることだったから。

生まれてからずっと殴られ、蹴られ、『人間』と同じには扱われなかった。

何かを言えば、殴られる。

目が合えば、叩かれる。

何も言わなくてもそこに居るだけで蹴り飛ばされることは、いつものことだった。

それに不満を憶えたことはなかった。

少年は生まれながらにしてそういう存在だったからだ。


でも時折、不思議に思った。

なぜ自分はこんなに酷いことをされるんだろう。

疑問に思ったことはあった。

でも、絶対に口に出さなかった。

一度、それを口に出したとき、顔の形が変わるぐらいにひどく殴られ、ご飯も三日、水だけになってしまったからだ。


少年は大人たちからひどいことを沢山された。

でも、やり返したり、他人に対してそれをやりたいとは思わなかった。

少年にはそれをされる痛みがわかるからだ。

それは少年に特に思いやりがあって、相手の気持ちを察することができる、ということではない。

そういうのとは根本的に違う。

少年は目の前にいる相手の考えがそれとなく「わかる」のだ。

自分の前に立っている人は、今どんな気持ちでいるのかもわかる。

やろうと思えば、相手の心の内が手に取るように透けて見えてしまう。


だから、それが知られると……一層少年は虐げられた。

——相手の考えていることがわかるなんて。気味が悪い。


自分の気持ちがわかられてしまう。

知られてしまう。

秘密が漏れてしまう。

だからあれは不気味だ、恐ろしい、不愉快だと。


——人の姿に似た、とても気持ちの悪い生き物。

これだから『魔族』は……と。

忌避され、隔離され、目があっただけでひどく殴られる回数も増えていった。


そうして少年は憎まれ、事あるごとに殴られた。

時には理由をつけて、殴られ、忌避され。

時には理由なく、蹴られ、踏みつけられる。

それが当たり前だった。

何度も何度も、日常的に蹴られ、殴られ。

痛みの感覚は麻痺しながらも体に染み込んでいった。


だから、少年はそれを他人に対して行うことなど、思いもよらなかった。

自分が殴られることすら嫌なのに、相手にも同じことを味わわせるなんて。

相手のことを「感じる」ことのできる子供にとって、それは二重の苦痛でしかなかった。

だから少年は人を傷つけた事はない。

どんなにひどく殴られても、自分から殴るよりはいい。

そう思って生きてきたからだ。


――――でも、今日はそれをしなければならない。

傷つけるだけじゃなく、殺さなければいけない。
でなきゃ、もっと酷い目に遭わされる。
自分だけでなく、他の奴隷の子も、みんな。

――だから、ちゃんと殺さなければならない。

「言うことを聞けば、美味しいご飯を食べさせてあげる」
そう、あの男が言ったからだ。
だから、殺さなければならない。
一人残らず。大人でも、子供でも。みんな。
そうすれば、もう理由なく殴らないでいてくれる。
そして、毎日美味しいご飯を食べさせてあげる。
あの男はそう、約束してくれたからだ。

あの男は、自分を殴る。みんなを殴る。
でも、今まで約束を守らなかったことはない。
約束を破れば、殴られた。

約束を守れば、褒められた。
だから、殺す。約束があるから。

あの男の心の中は全く読めなかった。
その為の不思議な道具、魔導具を使っているようだった。
そういうことはよくあった。
でも、男は約束してくれたのだ。

それに、今日はこんな自分だって人の役に立つことができる。
そう思えば誇らしい。
自分は今日、死ぬかもしれないけれど。
でも、どこかの国の役に立つらしい。
それはとても、誇らしいこと。

――――そう、思いなさい。

そう言われて出発してきた。

自分を、自分たちを、生まれた時から疎み、虐げている人々の集団。
でも、自分の生まれ育った場所。
その役に立てるのなら――――もしかしたら、それはいいことなのかもしれない。

これから人がたくさん死ぬ。
いや、自分が殺すのだ。
この醜悪な魔物、黒死竜を操り、ここにつれてきたのは自分なのだから。
『魔族』には元々、生来こういう力が備わっているらしい。
魔物と意識を同調させ、思ったように操ることができる呪われた力。
たまたま出会ったずっと年上の魔族にそう、教えてもらった。
大昔は単に家畜を操るだけの能力だったという。
それを魔物にも使い始め、戦争に使ってたくさん殺した。
だからみんなに忌み嫌われるのだ、と。
それは仕方ない事なのだ、と。

――――生まれながらに魔物と意思を通わす外道。
呪われた生き物。

いつもそう言われて育ってきた。

そんな自分でも、人の役に立ちたい。

『魔族』でも、他の存在に役立ったと褒めてもらいたい。


だから、震えながらも今日は絶対にやり遂げると決心した。

怖くても、嫌でも、やり遂げるんだ。

これが、ボクに出来る唯一のことなのだから。

だが少年がそう決意した瞬間、突然、身にまとった【隠蔽】が剝がされた。


「……あっ……？」

魔導具で強化しているはずの【隠蔽】がいとも簡単に剝がされたことに驚き、少年は思わず声を上げた。

その瞬間、しまった……と思った。


黒死竜の眼がぎょろりと少年を睨んだ。

今、自分はミスをした。

集中を解いてしまった。

そのせいで、黒死竜への精神操作術が解けてしまった。
今、黒死竜は自分を獲物としてしか見ていない。
この生き物は、既に人を殺すことを――そして、その肉を喰べることを覚えている。
そういう状態で少年の下へと運ばれてきたからだ。
もう一度、精神操作をかけている時間はとてもない。

――このまま、自分は死ぬ。

黒死竜が口を大きく開けながら、巨大な爪を高く振り上げるのが見えた。
ああ、あれに切り裂かれて自分は死ぬんだ。
そう悟った瞬間、少年は心の底から思った。

――ああ、ここで死ねて本当によかった、と。

ここで死ねば、自分は誰かを傷つけずに済む。
自分は他人に与える苦痛まで感じずに済むんだ、と。
同時に、そんな考えに罪悪感を感じた。

自分の失敗のせいで、誰か他の子が代わりにひどく殴られるかもしれない。
でも自分は、自分が楽になることだけを喜んだのだ。

——ごめんなさい。

少年は誰にともなく、謝っていた。
ボクはずっとずっと、悪い子だった——。
ダメな子には、罰が与えられる。
そう教わってきたはずなのに。
——最後まで何の役にも立てなくて、ごめんなさい。

ああ、だから、これは罰なのだろう。
何の役にも立たない自分への。
生まれながらに呪われた力を宿す自分への。
そして、他人のことより、自分のことが可愛いと思っている自分への。

罰なのだ。

呪われた子と言われる自分が、この世界に存在すること自体への。

獰猛な黒死竜の爪が振り下ろされる瞬間――少年は祈っていた。


魔族に神はいない――信仰を持つことも許されない。

でも、死んで生まれ変われば、違う生き方ができるんだ。

どこかで耳にしたそんな考えを、少年は少しだけ信じていた。


だから、誰にともなく一心に祈った。

もし、生まれ変わることが出来るなら、次の生では、あまりひどく殴られたりしませんように、と。

そして、少しぐらいは誰かの役に立てますように、と。

それが少年の願いのほとんどだった。

でも、最後に少し、欲がでた。


あともう一つ、もし願いが叶うなら――できれば美味しいご飯というのも、一度ぐらいでいいから、食べられますように。

それが死を目の前にした少年の願いの全てだった。

少年は目を瞑って、その瞬間を待った。

でも――――その瞬間は来なかった。
黒死竜の爪は、少年を切り裂くことはなかった。
なぜなら――――。

「パリイ」

突然現れた見知らぬ人間。

その男が黒い剣を片手に――――少年に死をもたらす筈の黒死竜の爪を、天高く弾き返していたのだから。

24　俺はカエルをパリイする

俺は目の前の黒いカエルの巨大な爪を弾きながら意外に思っていた。

このカエル、そんなに手応えがないぞ――と。


いや、攻撃を弾くたびに黒い剣の持ち手に激しい衝撃が伝わるし、一撃一撃はそれなりに強烈なのだが……でも、弾き返すのに、そんなに苦労するほどではない。

昨日のゴブリンと比べると、だいたい同じか、それよりちょっと力が弱いぐらいだ。動きも鈍い。

だとすれば、このカエルは魔物としては、かなり弱い部類に入るのだろう。

いや……「最弱の魔物」と呼ばれるゴブリンよりも力が弱めなぐらいなのだ。もしかしたら、魔物ですらないのかもしれない。

――ならば、何とかなるかもしれない。

ろくな攻撃手段の無い俺一人で討伐することは難しいが、リーンやイネスが追いついてくるのを待ちさえすれば、きっと倒せる。

よし、ならば時間稼ぎだ――――。俺も体力にだけは少し自信がある。

そう思って俺が剣を構えたところ、目の前のカエルの身体が突然大きく膨らんだ。

何かがおかしい、と思った瞬間、カエルの口が大きく開き、喉の奥に何か黒いものが渦巻いているのが見えた。


俺が疑問に思う間も無く、カエルはその黒い霧の塊を勢いよく吐き出した。

避けようと思えば避けられた。

だが、俺が避けたら必ず後ろの少年に当たる。

俺はその場から動けず、正面から黒い霧をもろに喰らい全身に浴びた。

少し、口の中にも入ってしまった。

すると直後、俺は口から大量の血を噴き出した。


「これは、もしや毒か――――？」

全身が強烈に痛み、眩暈がする。

喰らって分かった。これは毒だ。それも、とても強烈な猛毒。

そしてその時、ようやく気がついた。

俺が飛び出して行った時、イネスが何か言いかけていた。

きっと、それはこのこと――このカエルは毒を持つ「毒ガエル」なのだという事を警告してくれていたのだ。

攻撃の一撃一撃が大したことがなかったのも肯ける。

この生物の最大の武器は見た感じ強力そうな牙や爪ではない。

腹の中に溜め込んだ強力な毒素。

これがこの生き物の最大の攻撃なのだ、と。

と、同時に――全身から血を噴き出しつつ、俺は思った。

――まあ、これなら、やっぱりなんとかなるかもしれないな、と。

◇

かつて、俺が山で一人で生活していた時のこと。

俺は生前の母に「絶対に食べてはいけない」と言われていたキノコを誤って口にしてしまったことがあった。

――その名も『竜滅茸』。

竜さえ殺すと伝えられる程の強烈な毒を持つキノコだ。

その時の俺が、何故そんなものを採って帰ってきたのかは分からない。

その日、とても大量の収穫があり浮かれていて、危険なものが紛れ込んでいたのに気がつかなかったのかもしれない。ともかく、俺はそれを鍋に入れ、煮込んで夕飯に食べた。


その後しばらくして腹がひどく痛み、俺は大量の血を吐いた。

ようやくその時、食べてはいけないものを食べたのだと知ったのだが、もう手遅れだった。

食べてから随分時間が経っているので吐こうにも吐けない。

毒は全身に回っていたようで、身動きもできない。

俺はひたすら、自分の腹に身につけたばかりの【ローヒール】を掛け続けた。

それしか他に方法が思いつかなかったからだ。

すると、じわじわと腹が癒えていく感覚がある――だが、気を抜くと俺はまたすぐに吐血した。一瞬も気が抜けない状態。

油断すると全身のありとあらゆるところから血が噴き出てきて、俺は死を覚悟しつつ【ローヒール】を自分に掛け続けた。

それから昼も夜もなく苦しみ続け、時折水だけは飲み、また血を流しながら地面を転げ回る毎日。

何度も死ぬかと思いながらも俺は意地で生きながらえていた。
何とか、【ローヒール】を掛け続ければ、身体は多少動いた。
だから、非常に苦しくはあったが日課も欠かさずにやっていた。
毎日やると決めたのだから、やる。
それも意地だった。あまり腕に力は入らない。
それでも血を吐きながら木剣だけは振っていた。
――自分はこのまま、死ぬかもしれない。
そう思いながら。

だが、それから七日ほど経ったある日の朝、俺は異変に気づいた。
――腹が、全く痛くない。
吐血は完全に止まっていた。
そして驚くほどに身体が、軽い。まあ、それはそうだろう。
一週間もまともに食べていなかったのだから。
俺はすぐに栄養のある食事をするため、そのまま狩りに出かけた。
野生の猪ぐらいなら、今の体調でも仕留められるし、腹が減ったし肉が食いたい。

そう思って森に入っていったのだが、ここでも大きな失敗をしてしまった。

大きな毒蛇に噛まれてしまったのだ。

俺はそこで死を覚悟した。

なんとか毒蛇だけは退治したが、俺はもう死を待つだけだと思い、目を瞑って森の中に寝転がった。

でも、おかしなことに――――いつまで経っても、毒が効いてくる感じはなかった。

体のどこも、全然痛くならない。

俺は不思議に思いつつも起き上がり、その出会った蛇を持ち帰り、料理して食べた。

その蛇は毒があるから食べられない、と聞いていたのだが――――本当に腹が減っていたのだ。

他に食べ物はなかった。

どうやら、その蛇の毒は俺には効いてないようだったし、きっとこの蛇は大した毒はないのだろう。もしかしたら、実は毒なんてないのかもしれない。ならば、食べても大丈夫、と。

まだ子供だった俺はそんな風に安易に考えていたのだろう。

だが――――俺はその蛇を食べてみて、衝撃を受けた。

……とんでもなく美味かったのだ。

山鶏の肉よりもずっと濃厚な肉汁が出てジューシーで、今まで食べたどんな茸よりも旨味が濃く、体全体に染み渡るような甘さがあった。

何より、滋養があったのか俺の身体は驚くほど早く回復した。

その蛇を夢中で食べ切った後、俺はまたすぐに同じ蛇を探し始めた。

一度食べると、病みつきになる味なのだ。

それぐらいに旨い。

そうして俺はどうにかその蛇を再び探し当てたのだが――

再び同じ蛇を目にして、疑問に思った。

やはり、それは母から「どんなに飢えていても食べてはいけない」と教わっていたポイズンスパイクという蛇だったのだ。


俺は不思議に思った。

今まで俺は母に教わったことは、ほぼ守ってきた。

その知識は正しかったからだ。

でも、目の前のポイズンスパイクを食べても俺は何ともなかった。

――何故だ？

疑問に思っているうちに油断し、また蛇に噛まれて、その時に気がついた。

やはり、この蛇に毒がないわけではない――今の俺には「効かない」だけなのだ、と。

どうやら理屈は分からないが、前に食べた『竜滅茸』である程度の毒への耐性がついたようだった。

それには、そんなに役に立たないと思っていた【ローヒール】が役に立ったらしい。

多少だが毒を無効化する効果もあるのかもしれない。


それに気がついた時、俺は歓喜した。

もしかしたら、これは新たな【スキル】を得るために使えるのではないか、と。

そうして俺は、毒があると言われていた山の中の動物や植物を片っ端から試していった。

たまに思っていたより毒性の強いものがあって、激しく血を吐いてしまうこともあったが、大抵【ローヒール】で何とかできたし、どれも『竜滅茸』と比べれば大したことはなかった。

結局のところ期待した【スキル】は全く得られなかったのだが。


――――その代わり、俺は発見したのだ。

毒のある動植物は「だいたい美味い」ということを。

たまに例外はあるものの、どれも滋養がある感じがする。

きっと毒があるから自分は喰われないと思って、栄養をため込んでいるのだろう。

だから、俺はそれから毒を持つと言われる動植物を好んで食べるようになった。

毒さえ何とかすれば食材としては相当に良いものなのだ。

何とか出来なかったとしても、俺には毒をじわじわと無効化する【ローヒール】があるから問題ない。そのうち、多少我慢してさえいれば毒に対する耐性がつくのだし。

そんな経緯もあって、俺は毒を食らうのには慣れている。

自慢ではないが、今の俺は毒には結構強いのだ。

俺の数少ない取り柄の一つだったりする。


今、この目の前のカエルが吐き出した黒い霧の塊――――これもかなり、強烈な毒だった。

身体で受けてみれば、すぐにわかる。『竜滅茸』に匹敵する程の強力な毒がある。

だが――――まあ、それぐらいならば、今の俺は耐えられるだろう。

実は『竜滅茸』も、かなり美味かったのだ。

俺はあれから何度も鍋に入れて味わった。

その度に少し血を吐いたが、まあ、それだけだ。

結局大丈夫、とわかっていれば美味いものの魅力には抗えないのだ。

だから、このカエルの毒程度なら俺には効かない。

俺は毒の霧を喰らうと【ローヒール】ですぐに解毒し、無効化した。

最初は解毒が間に合わず、多少血が噴き出るが、この程度なら経験上、問題無い。

すぐに傷口は塞がるし、無傷も同然だ。

黒い霧は辺りに散ってしまっているが、どうやら俺の【ローヒール】での無毒化が間に合っているのか、俺のすぐ背後にいる少年も無事のようだ。


――――良かった。


そう思いながら、俺はカエルの振り下ろす爪を弾いていく。

カエルの爪は見るからに太くて頑丈そうだが、俺の持っている黒い剣の方が硬さでは上回っているのだろう。

巨大なカエルの爪は弾くたびにどんどん砕けていく。


――――本当に凄い剣だ。


重いが、とにかく頑丈だ。

見た目はボロボロだったので価値を侮ってしまったが、本当にいいものを貰ってしまったと思う。

俺はリーンのお父さんに感謝しつつ、カエルの鋭い爪を一本、また一本と砕いていく。

いつの間にか爪が無くなってしまったカエルは、大口を開け、鋭い牙で俺に噛み付こうとしてくるが、それも同じことだ。

攻撃されるたびに弾き、牙も残らず砕いていく。

それにしても、本当に獰猛なカエルだ。

全ての爪と牙を砕かれても、まだ襲ってこようとする。

だが、もうあきらかに弱っている。毒を吐くのにも体力を使ったのだろう。

このままであれば、勝手に倒れてくれるかもしれない。

そんなふうに思った瞬間――――また、カエルの身体が大きく膨らんだ。

何をしようとしているかはわかる。

大口を開けて、またあの毒の塊を吐こうというのだろう。

それも、最初に膨らんだ時よりもずっと大きい。

次は、このカエルの生死を賭した一撃。

前よりも強烈な毒の塊が来そうな気がする。


――だが、俺だって同じ手は二度は食わない。

俺はカエルの動きを見据え、しっかりと剣を構えた。

そして、毒ガエルが更に大きく膨らみ、大口を開けて毒の霧を吐こうとした瞬間を見計らい

――――

「パリイ」

俺はカエルの下顎を、思い切り打ち上げた。

真下から顎を叩かれたカエルの大口が勢いよく閉まり、吐き出されようとしていた大量の毒の塊と圧縮された空気が行き場を無くして奴の身体の中に一気に逆流する。

そして爆発的に奴の身体が膨らみ――

カエルは背中から爆《は》ぜ、肉片となって辺りに飛び散った。


「――酷いな、これは」

人を襲おうとしたカエルとはいえ、あまりにも無惨な死に方だった。

だが、毒と一緒に辺りに散らばるカエルの肉片を見て俺はあることに気がついた。

そして、一度そんな風に思うと、考えずにはいられなかった。

もしかしたら、このカエル――


――相当、美味しいかもしれない、と。

25　魔族の子

俺が飛び散ったカエルの肉片から何とか意識を剝ぎ取って振り返ると、先ほどの少年が泥だらけの格好で地面に座り込んでいた。

――良かった、何とか無事でいてくれたらしい。


「大丈夫か？」

「……うん……」

俺が声をかけると、少年はゆっくりと立ち上がった。

心なしか顔色が悪いように見える。

もしかすると、さっきのカエルの毒を吸ってしまったのかもしれない。

だが、立てないほどではないところを見ると、そんなに危険な状態でもないようだ。

あとでリーンに治療を頼めば大丈夫だろう。

あの子は何でもできるからな。

「それにしても、本当に危ないところだったな、あんなのに出くわすとは……一人でここまで来たのか？」

少年は俺の言葉に、少しビクリ、と肩を震わせた。

「……ち、違うんだ……あれは…………ボクが連れてきたんだ……！」

「連れてきた？」

この子供が、あの凶暴なカエルを？

「本当か、それは……？　何であんなものを……？」

少年はまた、ビクリと肩を震わせた。

「……や、約束したから……！　あの街まで連れていくって。連れて行けって、言われたから……！」

「あの街まで……約束？　……まさか」

この少年は人に頼まれて街まであのカエルを運んでいたらしい。

随分幼く見えるが、配達の仕事の途中だったということだろう。

だが、なぜあんな毒ガエルを？

あんなに巨大なカエルをわざわざ街へ――――？

――そうか。俺はなんとなく、察しがついた。

毒を持った生き物は「大体美味い」――――俺のその経験則に照らし合わせると、あのすごい毒を持ったカエルの肉は毒さえなんとかできれば、相当に美味い部類のはずだ。

――間違いない。

あまり物を知らない俺が分かるぐらいのことだ。世間的には当然、知られていることだろう。

あの毒を上手く処理する技術も、きっと大きな街であればあってもおかしくはない。


……なんてことだ。つまり、あのカエルは。

「――食材、だったのか」

そう考えると、全て辻褄は合う。

あの巨体、一匹でも肉の量は相当なものだが、食肉を新鮮なまま輸送するとなると、生きたままで運ぶのが一番いい。

最初、見えないように【隠蔽】がかけられていたのも、周囲に及ぶ危険や、肉の盗難の可能性を考慮してのことだろう。

――なるほど、そういうことだったのか。

となると俺は、この少年が街に納めるはずだった大事な商品を爆発させて台無しにしてしまったことになる。

なんということだ。そこまで、気が回らなかった。

「すまない、俺はとんでもないことをしてしまったのだな……大事な届け物をこんなことに。本当に悪いことをしてしまった」

俺は肉片を見つめながら、少年に心の底から謝ろうと思った。

謝って済む話ではないが……。

「………え??」

だが、少年は目を見開いて俺を見ている。

……なんだろう。俺はなにか、間違ったことを言ったのだろうか。

「……まさか、別に……良かったのか……？　あれを破裂させてしまっても」

俺が恐る恐るカエルの残骸を指差し聞いてみると、少年はしばらく迷った後にコクリと頷いた。

どうやらこの少年は俺を許してくれるということらしい。

そういえば少年は何故かカエルに襲われかけていたようだったし、そういう状況だったら仕方がないと考えてくれているのだろうか。

「しかし、ここまでどうやってあんな凶暴な生き物を運んできたんだ？　まさか、引っ張ってきたというわけでもないだろうし」

少年は再びビクリ、と肩を震わせ、声を振り絞るように言った。

「……ボ、ボクは魔物を操れるんだ……だから、それを使ってここまで……！」

「ま、魔物を操れる……だと!?」

思わず、俺は驚きにのけぞってしまった。

この子は「魔物を操れる」と言った。

こんな小さい子が、あんな巨大なカエルを操れる、だと……?

そんなことが可能なのか……?

「すごいスキルだな、それは……世の中にはそういうのもあるのか」

しかもこの歳で、か。どうやったらそんなすごいスキルが身につくのだろう。

「……えっ……?　スキル……?」

「……違うのか?」

少年は俺の質問にビクリと体を硬直させた。

……さっきから、何に怯えているのだろうか?

「ううん、ボクは生まれつき……そういう力があるんだ……魔族、だから」

「……う、生まれつき……!?」

俺はさらに驚愕して思わずのけぞってしまった。

やはり、世界は広い。

生まれつきで、そんな凄まじい力を持った人間が存在するとは。

やはり俺の知らないことがこの世界に溢れているのだと思った。

そんな面白い人物にいきなり出会えるなんて、街の外には出てみるものだ。

「生まれつきでそんなことが出来るのか……すごいな。そんなもの、本当に天から与えられた才能としか言いようがない」

「……えっ……？？？　あ、あの……ボクは『魔族』で……！　魔族は、みんなそういうことが出来て……！」

少年は何やら慌てている様子だった。

そこから俺は少年の言いたいことをなんとなく察した。

「ああ……つまり、その『ま族』というのはそういう能力を持った部族で、そこでは普通のことなんだな？　……すごいな、そのま族というのは。俺にもそんな能力があったらと何度思ったことか……」

かつての山の生活での家畜の世話は、楽しくもあったが大変な作業だった。

家畜たちは昼間の天気の良い日には放し飼いにしておけるが、夜には野生の獣に襲われる可能性があるので小屋に戻って貰わなければならないし、雨が来そうなら早めに移動させなければならない。色々と気遣いと管理が大変なのだ。

畑仕事を手伝って貰うにしても、長年付き添った家畜ならともかく、新しく育てることになった奴はなかなか言うことを聞いてくれない。

そんな時、動物たちと話ができたらもっと楽になるのに――――などと、昔はよく妄想していた。

まさか、そんなことができる人物が実際にいるとは思いもしなかったが……世界は、本当に広い。

……いや。広いようで狭いのかもしれないな。

俺が少し王都の外に出ただけで、こんなに未知の存在と出会えるのだ。

身近なところにも冒険の醍醐味は転がっているのかもしれないな。

俺はそんな感慨に耽っていたのだが。


「…………えっ…………」

少年は大きく目を見開き、驚いたような表情で俺を見ていた。

……また何かおかしなことを言ったのだろうか。そんなつもりは、全くないのだが。

「あの、あ、あなたはボクが……魔族が怖くないの？　ボクの……ことが、嫌いじゃないの……？」

「……いや。さすがに怖いとは思わないが……??　嫌い……？　それはどういう意味だ……？」

さっきから、この少年とは全く話が噛み合っていない感じがする。

正直、言っていることが半分ぐらいわからない。

こんな小さな子を怖がるとか、どこにそんな要素があるのだろうか。

あと、初対面の人間を嫌うとかどうとか意味がわからない。

リーンも随分変わった子であまり話が通じなかったのだが……この子も随分、変わった子だ。

「……この力を、恐がる人も……嫌がる人もいる、から」

俺の不思議そうな表情を感じ取ったのか、少年は少し説明してくれた。

「なるほど、そういう話か――――世の中にはそういう人間もいるものなのか」

俺にはそうとしか答えようがない。いわゆる動物嫌いという奴だろうか？

たまにいるとは聞いたことがあるが、まだ俺は出会ったことはない。

「だが、そんなに気にすることはないと思うぞ？　誰が何と言おうと、とても役に立つ能力だからな……どう考えても」

「……役に立つ――――？」

「ああ。家畜の世話に、迷い猫の捜索とか、なんでもだ。

動物たちに畑仕事を手伝って貰うのにもいいし、あとは鳥も使えるのなら手紙の配達、とか？

……そうだな、それはすごく便利そうだ」

俺が思いつくままに色々と語っていると、何故か少年はボロボロと泣き始めた。

「……ボクも……ボクでも……誰かの役に……立てるのかなぁ……？」

少年は俺の顔を見ながら、大粒の涙を流して泣き続けた。

この少年、何か最近辛い目にでもあったのだろうか。

もしかすると、彼はま族という部族の中ではあまり優秀でない……とかそういう感じなのだろうか。

でも、この広い世の中だ。そんな内輪の評価など案外あてにならないものだ。

それにしてもこの少年。「役に立てるか……？」か。

いくらなんでもこの子は自分を過小評価しすぎだろう。

こんなにとんでもない才能を持っているのに。

「……当たり前だろう？　それだけのすごい才能があるのに、そんなに卑屈になることはないと思うぞ。なんの才能もない俺でもこうして、なんとかやれているのだから。……いらないなら、俺が欲しいぐらいだぞ？」

「……ほ、本当に……？　ボクでも、誰かに必要とされることなんて……ある……のかなぁ……？」

それから少年は俺に向き合いながら、無言でずっと泣き続けていた。

……この子は何故、そんな風に考えるのだろう？

本当に、羨ましいぐらいの才能を持っているのに。

自身が才能に恵まれているのに気がつかないというのは、不幸な話だ。

もしかしたら、今はそういう状況じゃないのかもしれないが、この子ならきっとすぐに、誰にだって必要とされる時が来る。

絶対にそうなるというのは誰にでも、俺にだって分かる。

彼は通りすがりの人間がやらかした失敗ですら、すぐに許してくれるような優しい心を持った少年なのだから――。

だから俺は少年が泣き止むまで待ち、涙が途切れるのを見届けると、頭に手を載せてしっかりと聞こえるように言った。

「ああ、当然だ。俺なんかより、ずっと――お前が望めば、幾らでもな」

26　王女の役割

ノール先生が黒死竜を討ち倒すのを見届けた後、私はイネスと協力して浄化魔術を併用した風魔術で瘴気を払い除け――暫くして、やっと、辺りを動き廻れるようになった。

それまで、私たちは馬車を引く馬を守りながら、その場を全く動けずにいたのだが――遠くから先生の戦いの一部始終を目撃していた。

それは凄まじいとしか言いようのない戦闘だった。

黒死竜の暴れ回った大地は抉られ、高速で狂ったように繰り出される爪は弾かれる度に地響きのような轟音を立て、砕け散った。

あれが人と竜の戦いなどとは、とても信じられなかった。

一歩も動かず、真正面からの一騎討ち――そして、最後に立っていたのは人の方だなどと。

それも、背後の少年をかばいながらの不利な状況でだ。

そんな話をしたとして、誰が信じられるだろう？

驚いたことに、先生はその戦闘の後、助けた少年を連れ、何事もなかったかのように平然とした足取りで私たちの所まで歩いてきた。


「先生！　ご無事ですか？」

「ああ、問題ない」

「で、ですが身体中に血が」

近寄って見れば、失血死していないのが不思議なほどの、夥《おびただ》しい血の量――――。

これで問題がないはずがない。すぐに、治療を始めないといけない。

「ああ、この血のことか？　こんなのはどうって事はない。放っておけば治る――――というか、もう治っている」

「そ、そんなわけが――――先生、すぐに治療を――――ッ――――？」

私は治療のために駆け寄り、先生の体に触れた。

でも……出血箇所を探したが、どこにもない。

「本当に治ってる？　傷一つ、ない――――」

「言っただろう？　大丈夫だと」

本当に信じられない。

どうやら、先生は血を失ったことによる不調も感じていないらしい。

瘴気の影響さえ、全く体に残っていないようだった。

とても信じられないが――――それが目の前の事実だ。

「し、失礼しました――――本当に、ご無事のようですね」

「ああ、自慢ではないが――――俺は毒には強いからな」

先生はそう言いながら、なんでもないことのように笑うが――――そんな簡単なことのはずはない。

あれは間違いなく瘴気だった。致死性の猛毒であるどころか、大地さえ蝕《むしば》む究極の毒気。

それも竜種の魔力を帯びた呪いに近い凄まじいもの。

あの直撃を受けてこんなに平然としていられるはずが――――。

――――いや、一つだけ思い当たる可能性がある。

先生から今、立ち上っている不思議に静謐な気配。私は以前、それに近いものを見たことがある。

それはかつて【癒聖】のセイン先生が訓練所時代に私に見せてくれたものと同質の気配――――と、言うことは。

――――先生も『聖気』を？

それは聖者と言われるほどに研ぎ澄まされた体と心から生み出され、触れたもの全てを浄化し、どんな傷でもたちどころに癒すと言われている。

でも、それは簡単に身につく【スキル】とは違い、幾つもの死を乗り越えるような常軌を逸した修行の末に辿り着く、歴史を紐解いても数少ない聖人しか到達し得なかったという極致中の極致。

聖職者の界隈で「生ける伝説」とまで言われるヤイン先生でさえ『聖気』の完全な会得には四十年以上の年月を費やしたという。

それをこの人はすでに会得していると————？

それも、この若さで……？


————いや、ノール先生ならあり得る。

一体、この人はどれ程の————！


「リーン、それよりこの子を診てくれ。少し、顔色が悪いみたいなのだが」

私が驚きに硬直していると、先生は隣に立つ子供の肩に手を当てた。

この子は、確か————

「————大丈夫、ボクも……なんともないから……」

「だが、だいぶ顔色が青白く見えるぞ？」

先生のその言葉に私はハッとした。この子供の特徴。

先生が助けに行った時点では、遠くてわからなかったのだが、まさか――

「それは元からなんだ……ボクは、魔族だから」

「そうか」

やはり――この子は『魔族』。

蒼白の肌に、銀の混じった薄青の髪、そして、覗き込むと吸い込まれそうになる深い闇色の瞳――。

あの、百年前から神聖ミスラ教国と敵対し『神敵』とされ、魔物を操る能力の為に世界中で警戒されている種族。もう、ほとんど生き残っていないと聞いていたのだが……。

「――その子はやはり、魔族の子、ですか」

「ああ、そうだ。よく分かったな、リーン」

「――ええ、知識だけはありましたから」

先生もそれはご存じだったようだ。

そうなると、それを承知で助けに？

「先生は、その子を――その……これから、どうされるおつもりですか？」

「一緒に馬車に乗せてやりたいんだが――駄目か？」

私は少し、驚いた。

『魔族』は多くの国で『討伐』が推奨される危険種族。

ここで助けたとしても、その後は――

「……よろしいのですか？　その子は魔族で……連れていた魔物が、暴れ回ったばかりで――」

「それはその通りだが、俺たちは別に何の被害も受けてはいないだろう？　辺りの小麦畑が少しダメになってしまったのは残念だが……むしろ、こちらが彼の仕事を奪ってしまったことになる。何とかしてやれないかと思ってな」

「仕事……？　その子は、一体、何をしていたのですか？」

「あの毒ガエルを街まで連れて行く途中だったのだそうだ」

「黒死竜を、あの街まで……!?」

ノール先生はゴブリンエンペラーを「ゴブリン」と呼んだように、黒死竜を「毒ガエル」と呼ぶ。

先生ほどの強者となれば、黒死竜も毒ガエル《ポイズントード》も大した違いはないのかもしれないが……。

普通、黒死竜が街中に現れたら、当然そこに住んでいる人たちは無事では済まないだろう。

――でも、この少年も無事に済まなかったに違いない。この少年は、一体……？

「そういえば、言われて仕事をやっていたと言ったな？　誰に頼まれたんだ？」

ノール先生の鋭い問いかけに、魔族の少年は俯いて首を振った。

「……知らないんだ。……教えてもらって、ないから」

そう言って押し黙る少年に、イネスが前に出て声をかけた。

「この状況で隠すと、君の為にもならない。正直に言ってくれるとこちらとしては助かる」

少年はイネスの少し強い言葉にビクリと肩を震わせると、相手の顔色を窺うように言った。

「……本当に、わからないんだ……僕らはそういう風に育てられたから」

この子の怯えたような目つきや態度。

もしかしたら、と思っていたのだが……やはり間違いないだろう。


――――この子は「奴隷」だ。


奴隷の存在はクレイス王国では禁じられており、市民の間で話題になることも少ないが、他国では当たり前に存在するという。

それも、この子は恐らく『魔族』の立場が弱いことを利用した、使い捨ての少年兵。

「じゃあ、どこか帰る家はあるのか？　自分では帰れないのか？」

「……それも、わからないんだ……途中まで、目隠しされて連れてこられたから……」

「要するに、帰ろうにも帰れないということか」

イネスの言葉に魔族の少年は頷いた。

「そういうわけだ――――ダメか？　出来ればこの子を安全なところまで送ってやりたいんだが」

そこまで聞いて、私はやっと先生の意図が理解できた。

先生はこの哀れな少年を『魔族』と知りつつ、助けようというのだ。

敵性種族と認定されている『魔族』に味方をすれば、あらゆるものを敵に回すと知りつつ、この子供を救おうとしている。


――――自分の器の小ささに恥じ入るばかりだ。

こんなことでよく、王族などと名乗れたものだろう。

私は相手が『魔族』だというだけで、とても臆病になっていた。

頭でっかちになりがちな私は、父に「風説に惑わされず、まず己の目を信じろ」と事あるごとに諫められていたというのに。


私は改めて少年の顔を見る。

やはり、この少年が話に聞いていたような『邪悪な種族』とは決して思えない。

私の眼に映るのは、ただの行き場をなくした一人の痩せた少年だ。

おそらく、ろくに食事も与えられずに生活させられてきたのだろう。

こんな哀れな少年一人を救えなくて、何が冒険者の王に連なる一族だと言うのか。

「そういえば、名前は？」

先生は震える魔族の少年に声をかけた。

少年は顔を上げ、呟くように言った。

「……ロロ」

「ロロか……短くていい名前だ。覚えやすくていい」

先生は冗談のつもりなのか、そう言って笑った。

「イネス……私からもお願いします。この子を、ロロを乗せてあげられませんか？」

「……リンネブルグ様。お気持ちはわかりますが……ですが今は」

イネスも迷っているようだった。

彼女の仕事は私の安全を守ること。

それは理解している。でも——

「まだ馬車に空きはあるようだし……乗せられないか？　無理そうなら、俺が降りるが」

ノール先生の言葉に、イネスは難しい顔をした。

「確かに馬車に余裕はある——それに『魔族』とはいえ、彼のような孤児は保護される必要があると思う。だが、今の状況で彼を私たちと一緒に連れていくのは難しいだろう。そもそも、神聖ミスラ教国には『魔族』は立ち入りができない。残念ながら……恐らく、途中の街に行ったとしてもこの少年が生きていくのは難しいだろう。……むしろ、人目につかないこの場で別れた方が良い」

イネスの言うことは筋が通っている。

この少年は通常なら捕虜として捕らえられるような存在だ。

それにやはり、彼が『魔族』であるというのは大きい。

ミスラ教国は魔族との戦争の記憶があり『魔族』という種族全体を『神敵』として報奨まで出して討伐している。

彼を仲間としてミスラ教国に連れ込もうとすれば、最悪、私たちまで罪に問われ警備兵に襲われる可能性もある。

そこまで彼を連れて行くわけにはいかない。でも――

「おかしいなァ……ソイツ、もうとっくに死んでる頃だと思ってたんだがなァ」

そんな時だった。

突然私たちの背後に黒い煙のようなものが漂い、奇妙な格好をした男が現れたのは。

27　黒い包帯の男

「おかしいなァ……ソイツ、もうとっくに死んでる頃だと思ってたんだがなァ」

突然、俺たちの前に現れたのは、奇妙としか言いようのない男だった。

巨大な十字型の剣らしきものを背負い、顔には黒ずんだ包帯をぐるぐるに巻いている。

しかも上半身は裸で、腰のあたりには大小様々の短刀《ナイフ》をジャラジャラと揺らしている。

本当におかしな外見の男だった。

「それにあの骨と肉の残骸……まさか、あれが例の『運び荷』だったなんて言うんじゃねえだろうなァ……？」

男はそう言って俺たちの方を見た。

口ぶりからすると、あのカエルの事を言っているらしい。

「……もしかして、荷運びの依頼者か？」

「いや。俺は依頼人じゃねえ……ただの雇われだ。……お前はなんだ……？　アレの瘴気にやられてるみてえだが……なんで生きてんだァ？　……まさか、お前があれをやったのかァ？」

男は俺の顔を見ながら、問いかけた。

ロロの依頼人ではないらしいが、同業者ということらしい。

「ああ、確かにあれは俺だ。大事な荷物とは知らずに破裂させてしまった……すまない」

「……なんでオレに謝るんだァ……？」

「……運び荷と聞いたのだが、いいのか？」

「あァ、別にオレはそっちの仕事には関わりがねぇからなァ。どこの誰が『運び荷』を台無しにしようと、知った事じゃねえ。俺が用事があるのはそっちだけだ」

奇妙な男は俺の後ろにいるロロを指差した。

「ロロに用があるのか？」

「あァ。俺はそいつを持って帰る為にここに来たんだ。別に、それ以外はどうでもいい」

「ということは、ロロを迎えに来てくれたのか？」

「……ああ、まァ、そうだな。俺はそいつを連れ帰りに来たんだ……金になるらしいからなァ」

「金？」


少し男の様子がおかしいと思った瞬間、突然、男の姿が消えた。

危険を感じた俺は咄嗟に手に持つ剣を握りしめ、強く振った。

「パリイ」

瞬間、辺りに大きな火花が散った。

男は背中に担いでいた巨大な銀色の十字型の剣をロロに向かって抜き放っていた。

俺にはそこまでの男の動きがほとんど見えなかった。


「いきなり、何をするんだ」

「お前……邪魔だなァ……？　……なあ、ソレ……こっちに渡してくれねェかなァ……？」

「……ロロのことを言ってるのか？」

「名前はしらねェが……お前の後ろの、ソレのことだよ。金になるんだよ――そいつの死体」

「死体というのはどういうことだ……？　迎えにきたんじゃなかったのか……？」

「まァ、別に生きてても死んでてもどっちでもいいんだがなァ。でもソレ、生かしておくと依頼人《クライアント》が怒りそうなんでなァ……？　別に生きたまま持って帰って、ヤツらに殺させてもいいんだが……手間だろ？　職業上の気遣いってヤツだなァ」

「言ってる意味が、さっぱりわからないが」

「わからなくていいンだよ。説明する意味もねえし――なァ」

男の声と姿が再び、消えた。

「パリイ」

俺が背後に強烈な違和感を覚え、振り向きざまに剣を振ると、激しい火花が散り、男の持つ銀色の十字の剣が二つに折れた。宙に跳ね上がる剣先を見届けた後、男は俺の顔を睨みつけた。

「……何だァ、お前は……？　……お前、やっぱりちょっと、おかしいなァ……？」

男はそう言って、手元に残った銀色の剣を放り投げると、また消えた。

と思った瞬間、死角から突然現れ——気づけば両手に一つずつ金色の短刀を手にして斬りかかってきた。

「パリイ」

本当に息つく暇もない。

「やっぱり、邪魔だなァ——お前」

男の威圧感が、急激に高まった。

——そう思った瞬間。

「リンネブルグ様、私の後ろへ——！」

リーンとイネスが何かを感じ、身構えようとしたところで——凄まじい耳鳴り。

「────ひとまず、お前の首から落としておくかなァ」

突然、地面が陥没したかと思うと男の姿が消え────気がついたら俺の目の前にいた。

男が地面を踏み込んだ衝撃で、リーンとイネスが吹き飛ばされていた。

俺もバランスを崩しそうになりつつも、男が俺の喉元に突き立てようとしている短刀めがけ、思い切り剣を振るった。

「パリイ」

男の持つ短刀に黒い剣が当たり、短刀は粉々に砕けた。

だが、俺は剣を持つ手に強烈な違和感を感じた。


────重い。

瞬時に持ち手に伝わってくる、凄まじい手応え。

剣を持つ腕が、悲鳴をあげるように軋んだ。

────なんだ、これは。見た目からは想像もできない重さ。

この重さはあの時の牛と同じ────いや、それよりも鋭く、重い一撃。

あの細い体で、それも、あの小さな短刀で。こんなことができるのか。

俺は思わず感嘆しながら、その次の短刀もなんとか弾くが、その連撃の後、男は短刀を更に持ち替え、また次、更に次へと攻撃を繋いでいく。

とてつもない速度で繰り返される、目にも留まらぬ連撃――。

俺は再び、目を疑った。この男……力が強いだけでなく、恐ろしいほどに素早い。

前後左右、あちこちと動き回りながら、あらゆる方向から攻撃を繰り返してくる。

今、ほとんど勘で襲ってくる方向を見極め、なんとかロロを守れてはいるが……相手の動きが速すぎて、正直、全くついていける気がしない。


このままでは、やられる――。

俺が焦りを感じ始めていると、男は急に立ち止まり、黒い包帯から覗く鋭い目で俺の顔をじっと見つめた。

「……おっかしぃなァ……？　……お前……なんで死んでないんだァ……？」

「なんで死んでないのかと、俺に言われても困るが……」

男は不思議そうに首を傾げながら、俺の顔を見たが、すぐに地面に目を落とした。

「……あァ、クソ……今ので俺の収集品《コレクション》が、殆どなくなっちまったなァ……？　結構、こいつら集めるのに苦労したんだがなァ」

男は残念そうに腰のあたりに手をやり、地面に落ちた大量のナイフの破片を眺めた。

見れば、男が腰につけていたナイフは残り二、三本といったところで、もう殆ど残っていなかった。鞘だけを残し、あとは砕けてしまったようだった。

　――――助かった。

　どうやら急に襲ってこなくなったのは、相手の武器がもうなくなったからのようだ。

　よかった、と思う反面……地面に散らばった金属の破片を名残惜しそうに眺めている男の姿を見ると、ちょっと悪い気もしてくる。

「……お前の持ち物を壊したのは、確かに悪かったが……でも、元はと言えばいきなり襲ってくる方が悪いと思うぞ……？」

「いや、別にそこは責めてねえよ……というか、『聖銀《ミスリル》』はともかく、『王類金属《オリハルコン》』と『古竜牙《ドラゴンタスク》』なんて普通、壊れるモンじゃねえんだけどなァ……？」

「……そうなのか？」

「ああ……普通、そういうモンなんだよ。それにしてもお前……やっぱりちょっと、おかしいなァ……？　こんな場面で敵の心配する奴なんて、そう見ねえが……いや、もっとおかしいのはその剣か。……変な奴が、変な剣使ってるなァ……？　まあいい、今日は大人しくこっちでやるか」

　男は先ほど折れた銀色の剣を拾い上げると、空中へと高く放り投げた。

「なんだ？」

男はそのまま宙に手をかざした。

するとと、銀色の十字の剣が宙に浮かんだまま、くるくると回転し始め――――だんだんと、雷のような光を帯び、激しく震え、熱を持ったように真っ赤に輝き始めた。

何が起こっているのかわからず、俺が呆然とそれを眺めていると、赤く光る塊は無数の小さな粒に分かれ、弾けるように空へと散った。

そして、その無数の小さな粒は一瞬にして銀色の十字型の短刀に姿を変え、空全体を覆った。

その数――――およそ、数千。

銀色に輝く凶器の群れが、まるで雨雲のように宙を漂っていた。

「……あァ、言っておくが……これは壊しても気にすんなァ？　いくらでも好きなだけ、壊せばいい。こっちも好きなだけ錬成《せいさん》できるんでなァ――――？」

男が笑いながら天にかざした手を下げると、回転する銀色の刃が鳥の群れのように広がりながら、一斉に俺たちに襲いかかってくるのが見えた。

28　【死人】のザドゥ

私とリンネブルグ王女は突然現れたあの男に吹き飛ばされた後、凄まじい攻防を繰り広げる二人から距離を取り、その様子を見守っていた。

「あれは――――まさか」

「ええ、恐らくは……あの【死人】です」

私の疑念に、リンネブルグ王女も同意した。

あれは――――【死人】のザドゥ。

いくつもの通り名を持つ、元Sランク冒険者。

「何故、あのザドゥがこんなところに……」

彼は商業自治区サレンツァ出身の冒険者だった。

元は裕福な商人の息子とも、只の孤児だったとも言われるが、彼の素性を詳しく知るものはほぼいない。

十五の歳に冒険者稼業を始めたザドゥは、見る見るうちに頭角を現した。

彼の評価と名声は、あっという間に高まった。

数年も経たないうちに、彼は、文字通りどんな依頼も一人で達成する凄腕の冒険者として知られるようになった。

多くの冒険者が求めてやまない【竜殺《ドラゴンスレイヤー》】の称号なども、彼にとっては最も初期に成し遂げた偉業にすぎず、彼は通常ではあり得ない程の速さであらゆる名声・信頼を得て、あっという間に最高位の階級《クラス》まで上り詰めた。

通常、人が一生かけても手の届かない高み——Sランク。

彼はそこまでに至るのに、たった数年。弱冠二十歳でそこまで辿り着いていた。

彼は若くして極まっていた。強さも。名声も。富も。

稀代の天才にして英雄。誰もが彼のことをそう呼んだ。

事実、彼は全てにおいて常人とはかけ離れていた。

彼はあらゆる魔法、剣術を意のままに操るだけでなく、知識の習得にも秀で、更には伝説に謳われるドワーフに匹敵すると言われるほどの『錬金術』をも修め、あらゆる方面で並ぶもののない評価と地位を得た。

そう、彼はとにかく強く、優れていた――いや、優れ過ぎていた。

彼自身はそれほど名声に拘らないのとは裏腹に、誰もが彼を称賛し、羨み、持ち上げ――皆が彼の存在そのものに熱狂した。

商業自治区サレンツァの若き英雄――Sランク冒険者、ザドゥ。

彼の名声が膨らみ、彼の姿を一度も見たことがない者にさえ、もてはやされるようになり、最早その頃には彼の冒険者としての『資質』を疑うものなど誰一人いなかった。

誰もが彼を慕い、崇めるまでになっていた。彼の実力はそれに恥じないものだったから。

だが、あるとき――

有名な商家が一家まとめて行方不明になるという怪事件が起こった。

それは彼の仕業だった。

彼がその商家の子供、養子、使用人を含めた三十六名を皆殺しにした、その理由はそういう依頼があったからという単純なものだった。

いい金になると言われたから、やった。

依頼は本当に簡単だったし、実際いい金になった。
彼はそう言って喜んだ。

そこに来て、人々は気がついた。
彼にはおよそ常人の持っている『善悪』の観念というものがないのだということに。

――依頼に貴賤はない。
冒険者たちの間で、どんな依頼も選り好みすることのないようにと、使われた言葉だが、彼はその言葉通り、どんな依頼も、なんの躊躇もなく引き受けた。

文字通り、彼は貴賤の別なく依頼を受け付けた。
儲けにさえなれば、なんでもやった。
報酬さえ支払われれば、赤子を殺すことさえも厭わなかった。
普通なら受けるのを躊躇するような冒険者ギルドを通さない非合法の依頼。
彼にはそれが、全く区別なく行えてしまった。

――皮肉にも、事件によってザドゥの『名前』は更に広まった。

決して表には出ない、後ろ暗い依頼を含めての依頼達成率百%の存在として。

金次第でどんな依頼も達成する、当代最強の冒険者。

そう囁かれ、彼の名声は怖れの感情と共に更に膨れ上がっていった。

ある者にはより、彼が魅力的に映ったことだろう。

そして彼はそういった期待にも、分け隔てなく応えていった。

すると英雄扱いから一転、あらゆる人物、組織が彼を恐れ、話題にすることすら避けるようになっていった。


当然、彼の資質を疑問視する声も上がった。

でも、それでも彼はSランク冒険者であり続けた。

彼のそれまでのギルドへの貢献は、計り知れないものがあったからだ。


彼はあまりに多くの偉業を打ち立て過ぎた。

彼なくして、冒険者ギルドの近年の功績は語れないほどになっていた。

大陸中の冒険者ギルド協会員が集まって協議した結果、彼らは事件を黙殺することに決めた。

都合の良いことに、殺害された商人一家の汚職の証拠が次々と見つかり、「問題はあったが、彼は結果的には良いことをした」という話にすり替えられ、彼は結局、冒険者の資格を剝奪されることはなかった。

もちろん、その処遇に違和感を覚えた者も多くいた。

次第に彼がSランク冒険者としての身分のままでいられるのを疑問視する声も大きくなり始めた。

――そんな時だった。もう一つの決定的な出来事が起きる。

彼は、ある日、『国を一つ』滅ぼした。
たった一人で一国の軍隊全てを相手にして勝利し、依頼者《クライアント》の望み通り、依頼された通りに
――その小国の王族、全員を皆殺しにした。依頼通り、一人残らず壁に剣で磔にして。

彼はその小さな国になんの感情も持たなかったという。

共感も、憎悪も、何もなかった。彼は何も感じないままに、その国を壊滅させた。

――そう、頼まれたから。割りの良い依頼を受けたから。

そうしてまるで蟻の巣を一つ取り壊すように。

彼はなんの躊躇もなく一つの国を滅ぼして見せたのだ。


――依頼に貴賤はない。

冒険者たちがよく口にする言葉の通り、彼の前では全てが平等だった。

倫理も。常識も。あらゆる武力も。国家の尊厳も。歴史も。

彼の前では全てが無に等しかった。

彼は、まるでゴブリンの巣穴を潰すような調子で、一つの国を崩壊させたのだ。


そのことが知れ渡った次の日。

彼は即座に冒険者資格を剝奪された。

彼の素行に関して傍観を決め込んでいた冒険者ギルド協会も、最早黙ってはいられなかった。

すぐさま彼の首には莫大な報奨金がかけられ、全大陸のギルドに向けて『討伐依頼』が出された。

彼は『最強の冒険者』から一夜にして『最悪の賞金首』となった。

報奨金目当てに名うての冒険者たちが討伐隊を組み、彼を討伐しようとしたが、ザドゥはその後しばらく姿をくらまし、彼の消息は一旦途絶えた。

だが、ザドゥには彼を恐れた各国要人から莫大な額の懸賞金がかけられ、賞金額はどんどん膨れ上がっていった。彼の『不在』自体が恐怖を掻き立て続け、懸賞金は日毎に増え、一攫千金を狙う冒険者の数も、また日毎に増えていった。

そうして、彼の賞金額が常軌を逸した額になる頃、彼の消息を追う手がかりが見つかった。

冒険者たちは勇んで徒党を組み、史上例を見ない程の大規模な討伐隊が組まれた。

竜退治の数倍の規模の、軍隊にも等しい軍勢が一丸となり、ザドゥに挑んだ。

勝算はあるはずだった。

彼らはたった一人を打ち負かすために、千を超える軍勢を編成し、ザドゥが見つかったという場所へ向かった。

だが翌日、彼を討伐しに出発した名うての冒険者たちが、全員、死体となって発見された。


その結果を受けて、冒険者ギルドは頭を悩ませた。

――元Sランク冒険者、賞金首『ザドゥ』は実質討伐不可能。

そう考えるほかなかった。

だが、彼にかけられた賞金額は膨大な額に膨れ上がっている。今後、それを目当てに討伐に向かう冒険者は後をたたない。必ず、無駄な犠牲が出るだろう。

そうすれば、また恐怖が膨れ上がり、『不可能な依頼』の賞金が膨れ上がる。

その終わりの無い繰り返し。死者を出すだけの、不毛な循環が続く。

そう考えた冒険者ギルドは、一つの合理的な答えを出した。


――ザドゥは、無事討伐されたと。

ザドゥは討伐遠征で『死んだこと』にされた。

――討伐は実質、不可能であったから。

それ以上、無駄な死者が出ないうちに。

それ以上、無駄な恐怖が広がらないように。

結局、賞金首『ザドゥ』は公式に、勇敢な冒険者たちの手によって討伐されたと喧伝された。

討伐者の名は伏せられ、彼にかけられた賞金は、討伐者が受け取らなかったという理由で、かけた元に返還された。

そうして、彼の生存を知る少数の間で、彼は【死人】と呼ばれた。

死者とされながら、未だにどこかに潜むはずの『怪物』としての異名。

彼は死んだことにしておかなければならない存在だった。

なぜなら、それは生きていることにしても、何も良い結果を生まないから。

その被害を最小限に食い止めるためには、それに触れないのが冒険者ギルド協会の上層部は最善だと判断した。


事実、その采配は功を奏した。

幸い、地位や名声には無頓着だった彼《ザドウ》はそれからというもの、表に出て来ることはなくなった。

彼は完全に死人として扱われ、一部の事実を知る者を除いて、忘れ去られることになった。

もちろん、彼は死んでなどいない。

まだ誰かに雇われ、『仕事』を続けていることが確認されている。

時折、彼の『仕事』とみられる死体が見つかることがある。

彼が関わったとされる死体には、いつも特徴的な十字状の聖銀《ミスリル》の短剣が刺さっていた。

私はそれを、王都内の警備隊の仕事を手伝っていた時、捜査資料として見たことがある。


――【銀十字《シルバークロス》】と呼ばれる、彼の存在を示す武器。

大陸の冒険者ギルドが、どうしようもなさすぎてただ忘れるしかなかった脅威の象徴であり、たった一つで同時に数十の鉄剣を叩き折り、数百の命を奪うという、彼自らの手で【錬成】される致命の凶器。

それが――今、目の前の空に、数千は舞っていた。

「――そんな」

やはりあれは、ザドゥだ。あの風貌。あの武器。

何より――あの強さ。間違いない。あれは元Sランク冒険者、ザドゥ。

――あんな化け物と、まともにやりあって勝てるはずがない。

私が狼狽えているうちに、銀の十字架はまるで鳥の群れのように空中を駆け巡り、そして一斉に、あの男の元へと降り注いだ。同時に。

「――――【雷嵐《サンダーストーム》】」

男の口から不気味な詠唱が漏れ、空を黒い雷雲が覆った。

辺りに閃光が走り大地が抉れ、焦げた匂いが立ち込めた。

「――――先生」

「お待ちください、危険です」

私はあの男の元へと近づこうとするリンネブルグ様を必死に引き止めた。


あの男はザドゥと対峙し、まだ立っている。

あの魔族の少年を守りながら、凄まじい勢いで剣を振り、剣一本であの銀の十字架の群れを捌いている。


――あの男も人間離れしている。

でも、いずれ限界が来る。

あの男は今、少年を背にして守りながら戦っている。

そんな状態で普通、戦えるものではない。

あの異常者《ザドゥ》はそんなハンデを背負って対峙できる相手ではないのだ。

……少なくとも、あの男一人では。

「――――ッ」

思わず一歩、足を踏み出しそうになる。だが、堪える。
私がいけば、まだ勝機があるかもしれない。だが――――
今、私は守るべき対象を、決して間違えてはならない。
私の使命はリンネブルグ様を無事、亡命先の神聖ミスラ教国へと送り届けること。
こんな状況だからこそ、私は冷静に優先順位を見極める必要がある。

だから、私は。
私の今取るべき、行動は――――。

「――――リンネブルグ様、私単独での加勢の許可をいただいてもよろしいでしょうか」

私の役目はリンネブルグ様を何としても護り切ること。
この先、命に代えても護り抜くこと。
でも、その為にはきっと……あの男が必要だ。
今後、あの男の常識外れの力が、必要になる時がきっとくる。

だから――私はあの男を、死なせてはならない。

今、クレイス王国は絶対にあの男を失ってはならない。

あれは、将来の私たち《わたしたち》にとって、必要な存在だ。

そんな思考や論理が形になる前に、言葉が出た。

「――はい、もちろんです。お願いします」

「ご理解、感謝します」

私は王女の答えを待たずに、更に一歩、足を踏み出し――声を耳にした時には既に、全力で駆け出していた。

29 銀の刃

「パリイ」

俺が襲い来る銀色の十字剣の群れを剣で思い切り叩くと、一斉に眩しいほどの火花が散った。

いくつかの銀の短剣は黒い剣に砕かれ、金属の破片となった。

凄まじいスピードで迫ってくる短剣も、剣が当たりさえすればある程度の数を打ち落とせる。

でも、一振りで叩ける量には限界があるし、思ったより当たらない。

あの不気味な男が、銀色の短剣を遠くから操っているように思えた。

打ち漏らした短剣は嵐のように俺とロロに襲いかかってくる。

ロロを守るために俺の体中に銀の刃が刺さり、血しぶきが飛ぶ。

幸い、俺の【ローヒール】で幾らかは傷を塞ぐことができるのでダメージ自体はそんなに深刻ではない。

だが、このままでは――

「……全く身動きが取れないな」

困った。何もできない。

あの怪しい顔面包帯の男は、いつの間にか遠くに離れ、手出しできない場所にいた。

男に近づいて銀の剣を投げつけてくるのをやめさせようにも、ここから俺が一歩でも動けば、ロロが危ない。

あの男はどうやらロロが狙いらしいし、俺がここで彼を守るしかないのだが、ただ立ち尽くす以外にできることがない。

――これは、まずい。

何度も襲いかかってくる銀の刃の群れを、弾くのが精一杯――いや、もう、間に合わない。

身体がどんどん切り刻まれていく。


「【神盾】」

その時、薄い光の膜のようなものが、遠くで銀の刃を操っている男の近くに現れた。

その光は地面を切り裂きながら、男へとまっすぐに伸びた。

男は瞬時に身をひるがえし、光をかわしたようだったが、一瞬、空を舞う銀の短剣の群れの勢いが鈍った。

だが、それも僅かな間のこと。再び銀色の刃の嵐は軌道を変え、空へと高く飛び上がり、幾つかの群れへと分散し、意思を持った生き物のように四散した。

まずい。またあれがくる。次はさっきまでのように一方向からではない。

あらゆる方向から、同時に来る。

――俺の剣一本では、とても受け切れない。

俺が戸惑っている間にも、男の操る銀の刃は勢いを増して一斉に降下してくる。

――ダメだ。次こそ確実にやられる。

そう思いつつ剣を構えたところで、今度は俺の目の前に突然、先ほど見たような光の膜が現れた。

俺が驚いている間に、壁のように視界を覆う光が襲いくる刃を遮り、銀色の刃が透明な壁にぶつかるように次々と弾き返されていく。

俺は何が起きたのかわからず、しばらくその光景をただ眺めているだけだった。

これは――

「――すまない、来るのが遅くなった」

気づけばイネスが俺のすぐ傍に立っていた。その姿を見て、俺は少し胸をなでおろした。

「来てくれたのか、イネス……助かった」

イネスは無言で前後左右に銀の刃を弾く光の壁を作りだしながら、男に向けて腕を振るった。

すると、イネスの手元から『光の膜』が男の方向へと走った。

あれはここに来る途中、馬車でイネスが見せてくれた、光の『盾』だ。

それが一筋の光の刃のように、空と地面を垂直に切り裂いていく。

あの『盾』はこんな使い方もできるのか。

でもあの男は素早い。盾というより剣のようなイネスの鋭い攻撃を、難なく躱している。

だが――――

「【神盾】」

彼女の攻撃も、凄まじい。

イネスは銀色の刃を弾きながら、あの男に向けて、光の剣のような膜を何重にも叩きつける。

見る間に地面が切り刻まれ、抉られていく。

その様子に俺はしばらく感心して見入っていたのだが、少し、まずい予感がした。

確かにイネスの攻撃は鋭い。でも――――当たらない。

凄まじい攻撃だが、あの男に当たる気配が全くない。

イネスが放つ光の筋には、わかりやすい兆しがあった。

よく見なければわからないぐらいの、ほんの少しの兆しだが、ちゃんと見ていれば、どこから来るかはすぐにわかる。

あのすばしっこい顔面包帯男には避けてくれと言っているようなものだった。

イネスが生み出す光の『盾』も壁のように銀色の刃を防ぐことはできるが、俺のように叩き落とすことは難しいようだ。

このままでは、身動きが取れないのは、さっきまでと変わらないようだった。

「……ノール殿。見ての通り私の『盾』ではあれに当てることは難しいようだ。すまないが、そちらでどうにかできないか……？」

「そうだな」

イネスも俺と同じことを考えていたようだった。

彼女は銀の刃から『盾』で俺たちを守りながら、俺に何かできないかと聞いてきたが……何か、あるだろうか。イネスの盾に守られながら、俺は少し落ち着いて辺りを眺め、考えた。

――――あの空中を素早く縦横無尽に飛び回る、刃の群れ。

まるで鳥の大群のように飛び回るあれを、俺の持っている剣で全て叩き落とすのは難しいだろう。

あんな風に一度に大量に降りかかってくる凶器を前に、俺に何ができるかと言われても何もないような気がするが……でも、よくよく考えてみると、あの刃の一つ一つは決して大きな脅威ではないのかもしれない、とも思う。

あれはかなりの高速で空を飛んでいるが、俺はあれよりも素早く動く鳥を知っているし、そいつを故郷の山で石を投げて落としたこともある。俺の【投石】なら狙って当てられないこともないだろう。

辺りには石は見当たらないが、先ほど爆発した巨大なカエルの牙と爪の破片なら沢山散らばっている。なるほど、これなら――。


俺は、地面に転がっているカエルの牙の破片を一つ拾い上げ、イネスに見せた。

「これを投げて、あれを落とせるかもしれない」

「……当たるのか？」

イネスの疑問に、俺は再び空を見上げて銀色の刃の群れを眺めた。

「ああ、多分当てられると思う」

確証はないが、自信はある。

石を投げて鳥を落とすのは得意だったし、俺の数少ない得意技だ。

少し標的は小さいが、あれなら、なんとかなるだろう。

ただし、今回は投げるのは石ではなくて、カエルの牙と爪だが。

そんなものを放り投げるのは、あのカエルにちょっと悪い気もするが……この際だ。

出来るだけ、有効に使わせてもらおう。

「――――では、それを投げる時だけ私の盾を解除する。私がタイミングを合わせるから、好きなタイミングで投げてくれ」

「ああ、わかった」

俺は黒い剣を地面に突き刺し、身を屈めると両手に持てるだけのカエルの爪と牙を握り込んだ。

これを小さな的に確実に当てられるなどとは思わない。

だが――――幸い、投げるものは地面にたくさんある。

少なくとも、弾切れの心配はないだろう。


「では――――いくぞ」

俺はカエルの破片を握り込んだ手に思い切り力を込める。

すると、手の中で硬いものが砕ける音が聞こえた。

思ったより、硬い――――が、更に全力で握り込むと手の中のカエルの破片は粉々に砕け、小さな骨片となった。

――――よし、これでいい。

これぐらい細かい破片を一度に投げれば、狙いは大雑把でも、当たりやすい。

イネスが守ってくれているおかげで、俺は石……ではなくカエルの牙と爪を投げるのに集中できる。

俺は手の中で毒ガエルの牙が更に細かくなる音を聞きながら、全力で破片を握り締め、全身に最大限の【身体強化】を発動して力を込め、【しのびあし】と一緒に俺が唯一持っている【狩人】の【スキル】を発動――。

「――【投石】」

俺は思い切り腕を振り抜き、迫り来る銀色の刃の群れへとカエルの破片を投げつけた。

――途端に、爆音。

辺りに豪快な破裂音が響き、俺が投げた破片は飛び回る銀の刃の群れを直撃し、かなりの数を撃ち落とした。

あまり狙いを定めなかったが、上手く当たってくれたようだった。

カエルの牙と爪は、どうやらかなり硬いらしく、一瞬にして銀の刃を粉々に砕き細かな金属片に変えた。

生き物のように動き回るあれも、どうやら砕いてしまえば力を失うらしい。

細かな破片となり地に落ちた銀の短剣は、もう襲ってこないようだった。

カエルには悪いが、ちょうどよかった。

石を投げるよりもずっと良かったかもしれない。

「では次――――いくぞ」

そうして俺はイネスに声をかけ、反対の手に持ったカエルの破片を握り潰し、全力で放り投げた。

「――――【投石】」

再び俺の手から放たれた無数のカエルの牙の破片はまっすぐに漂う銀の短剣に向かい、粉々に撃ち砕き、落としていく。

少し狙いを定めたせいか、一度目よりも多く落とせた感じがする。

――よし、この調子だ。この感じなら、いける。

確信を得た俺は更に地面からカエルの破片を拾い上げ、思い切り握り込んだ。

やはり硬くて手に多少の血が滲む――――だが、それぐらい今更どうということはない。

俺はカエルの牙と爪を手の中で細かく握りつぶしながら、飛んでくる銀の刃の群れに狙いを定め、思い切り投げつけた。

「【投石】」

先ほどよりずっとたくさんの銀の短剣が爆散し、宙に散る。

だんだんと動く標的を狙うのにも慣れ、さっきより当たるようになってきた。

そして、また次の牙と爪の破片を握り込む。

「――――【投石】」

俺は次へ、次へと意識を向け、拾った破片を砕いては投げる頻度をどんどん増やしていく。

そして、何回目かで俺はイネスに合図を送るのもやめた。

イネスは俺に合わせて上手く光の盾を消してくれているようだから、わざわざ、言う必要もない。

そう思い、俺は地面から拾った牙と爪を投げるのに集中することにした。

彼女のおかげで、俺はあの飛ぶ銀色の刃を落とすのにだけ意識を向けられる。

俺は彼女に感謝しつつ、どんどん投げるペースを加速していく。


「【投石】」

俺がひと摑みの破片を投げつけるたび、激しい火花と共に無数の銀の短剣が散る。

それを何度も繰り返していると、辺りが火花でとても明るくなっていった。

――――ちょっと、目がおかしくなりそうだ。

でも、それでもちゃんと見なければ当てられない。

痛み始めた目に【ローヒール】を掛け続けながら、俺は全力で破片を投げ続ける。

「【投石】」

拾っては投げを繰り返すたび、面白いように銀色の短剣の群れが砕け、散っていく。

自分でもだんだんと命中率が上がっていくのが分かる。

ひと投げするたびに、豪快な破裂音とともに、沢山の銀の短剣が爆散し、刃の群れは次々と白銀の粒となり、光を反射しながら地面へと降り積もっていく。まるで、辺り一面に銀色の雪が降っているようだ。

毒ガエルの吐く霧で黒くなった平原を、降り積もる銀の破片がだんだんと白く染め上げていく。

「――あと、少し」

夢中で投げ続け、気づいた頃には、だいぶ空飛ぶ銀の短剣の数が減っていた。

これならば、あとは剣で叩き落とすだけでもいいかもしれない。


そう思った瞬間――遠くにいた男の姿が消えた。

嫌な予感がした俺は、咄嗟に地面に突き刺した黒い剣を引き抜き、イネスの前に立ち――思い切り剣を振った。

「パリイ」

途端に、大きな火花が散った。あんなに遠くにいた男が、もう、目の前にまで接近していた。

「――危ないな。何かと思ったぞ」

さっきのように連続で襲いかかってくるかと思ったが、男は攻撃の手を止めて静かに立ち、何故か俺の顔を見つめているようだった。

「――こっちの台詞だなァ、それは。なんで、今のを受けられるんだァ、お前。……これも、お前がやったのか？」

男は辺りに散らばる銀色の金属の破片を眺めた。

「ああ……あれぐらいの速さで飛ぶ鳥なら落としたことがあったからな。さすがに、あんなに沢山落としたことはなかったが」

「俺も、あんなに落とされるとは思わなかったなァ。おかげで、ずいぶんと数が減っちまったなァ……？」

「壊したのは悪かったが……あんな風に飛ばしてくるからだぞ？」

「――まァ、そうだな。言った通り、別に、責めるつもりはねえよ。でも」

再び、男の姿が消えた。

「パリイ」

咄嗟に振った剣から火花が散った。今度は、男はロロを狙って短刀を振るってきた。

「――その分、稼がねえとなァ？」

また、男が消えた。だが、わずかにではあるが姿を追うことができる。

男の動きに合わせて俺は剣を全力で振る。

その度に、大きな火花が辺りに舞い踊った。

――この男。本当に油断ならないし、すばしっこいやつだ。力も相当に強い。

格好はちょっとおかしな感じだが、とんでもなく強い。

王都を少し離れてから、驚くことばかりだ。世の中にはこんな人間がいるのか。

ゴブリンよりも素早いし、あの巨大な牛よりも数段攻撃が重いし、俺にはとても奴が自分と同じ人間とは思えない。

いや、俺にとっては魔物のようなものだ。気を抜けば、いつでもやられる。

思わず冷や汗が出る。だが――


一度、俺はあのゴブリンという本物の魔物の脅威を体験している。

こいつがあれより強いといっても、この程度の差なら、あまり違いはない。

――なんとかなるはずだ。

そう自分に言い聞かせ、俺は剣を強く握る。

最初は目にも留まらぬ速さの攻撃に背筋が凍ったが――

だんだん、この速さにも慣れてきた。


「パリイ」

俺は重くて速い包帯男の攻撃をタイミングを見計らい、黒い剣で思い切り叩き落とした。

やはり、この剣は頑丈だ。

相手の持っている短刀も、とても硬い感じがするが、どうやら、こちらの方が硬いらしい。

――――男が左右の手に持つ頑丈な短剣のうち、一本が根元から折れた。

すると男は距離をとって、折れた短剣を見つめ、不思議そうな声を出した。

「……なんなんだァ、その剣は。一応、こいつは『最硬鉱物《アダマンタイト》』のハズなんだが。なんで、こっちが折れる」

「……もしかして、高いものだったか？」

「まァ、いい。こいつは買おうと思えば買えるモンだ。金さえ――――きちんと積めばなァ」

男はそう言って折れた短剣を俺に向けて投げつけ、消えた。

「【雷迅】」

「パリイ」

男は目にも留まらぬ速さで投げた短剣よりも疾く動き、俺の喉元に短剣をつきたてようとしてきた。なんとか剣が間に合い、俺は男の攻撃を弾いたが、本当に油断も隙もあったものじゃない。

……危うく、刺されるところだった。

「……頼むから、会話の途中で不意打ちはやめてくれ。今のは、本当に死ぬかと思ったぞ……？」

「いや、殺す気でやってるんだが……本当に、なんなんだァ、お前。それにしても、やっぱりその剣が変なんだなァ……いや、どっちもおかしいなァ、ソレも、お前も。……そもそも、なんで俺の攻撃を見てから振って当てられるんだァ……？」

「まあ…………なんとか……？」

「なんとかで済む話じゃァ、ねえ気がするンだがなァ」

男は最後の一本になった短剣を腰につけた鞘に仕舞いながら、辺りを見回した。

イネスは動かず、さっきからロロを守るようにして立っている。

彼女が攻撃に転じたとしても、この男には避けられてしまいそうだ。

できれば、もう戦いたくない。

俺は祈るような気持ちで目の前で男に声をかけた。

「まだ、やるのか……？」

「いや……もうこっちの武器《商売道具》はほとんど、なくなっちまったしなァ……？　『聖銀《ミスリル》』もあそこまで派手に散らかっちまったんじゃ、回収するのが面倒くせえし……おまけに魔法も効かねえんじゃ、もうお手上げだなァ……そっちの女も危ねえし、こりゃァ、今日は店じまいした方が良さそうだなァ」

「……じゃあ、今日はもう帰ってくれるのか？」

「あァ。これから王都で派手な祭りがあるらしいが……そっちも断念した方が良さそうだなァ……？」

「――――王都で？　……祭りとは何の話だ」

イネスは男に問いかけると男は黒い包帯の下で笑みを見せた。

「俺も詳しくは聞かされてねェが……盛大らしいぜ？　……行ったら、楽しかっただろうなァ……でも、早めに帰って来いって言われてるからなァ……？　もう十分、楽しんだし……大人しく帰るかなァ――じゃあな、変な奴」

そう言って、男は俺たちに背を向けた。

「……ああ、またな」

奇妙な男がその場を去ろうとしているのに安心し、俺が思わず普通に挨拶を返すと、一旦背中を向けて立ち去ろうとした男はピクリと立ち止まり、振り返って俺の顔をじっと見た。

「お前――やっぱり、ちょっとおかしいンじゃねえかァ？」

「……そうか？　……そんなことはないと思うが」

この男は恐ろしいが、面と向かっておかしいなどと言われると、少し引っかかるものがある。

……どう考えても、おかしいのは顔面に黒い包帯ぐるぐる巻きで半裸のこの男《そっち》だと思うが。

「……あァ。今まで俺は何人も頭のおかしい奴を見てきたが――その中でも、お前はとびっきりイカれてるなァ」

男は不気味な声を上げながら、楽しそうに笑った。

そうして、俺たちの背後にいるロロに話しかけた。

「……命拾いしたなァ、魔族。あァ、本当に勿体ねえなァ――――お前を持って帰りゃァ、いい金になったのに。今日壊れた武器《どうぐ》ぐらいなら、十倍買ってもお釣りが来るからなァ……お前の死体。残念だなァ。でも」

男の姿が、また消えた。

全身に身の毛がよだつような感覚をおぼえた俺は、手の中の黒い剣を握りしめ、全力で振った。

「パリイ」

辺りに激しい火花が散り、男の最後の短刀が粉々に砕けた。

同時に男の折れた短刀が俺の首を掠めたのがわかった。

「――――こんなのがいたんじゃァ、仕方ないもンなァ？」

呻くような笑い声をあげながら、不気味な黒い包帯で顔をぐるぐる巻きにした半裸の男は、俺とイネスが見守る中、黒雲と一緒に消えていった。

30　王都へ

先生とイネスがあの男と凄まじい戦いを繰り広げ、あの男が姿を消した後も、私はしばらく動けずにいた。

——完全に別次元の戦いだった。

一歩でも踏み込めば、あっという間に切り刻まれてしまうような攻防を前に、私は一歩も動けなかった。

唐突に現れたあの男が、再び唐突に姿を消し、私はあの男の気配が辺りに完全になくなったのを確認し、胸をなでおろした。どうやら、彼は完全にロロだけを狙ってここを訪れ、あきらめて去っていったようだった。

でも、ロロを連れて私の元へと戻ってきた二人から、男の発した不穏な言葉のことを聞き、再び胸の中に不安の感情が巻き起こった。

「——あの男は王都で、これから何かが起きると……？　……一体、なんのことでしょうか」

「……わかりません。ですがあの男は、これから王都で盛大な祭りがある、と。何かを匂わせる発言をしていました」

イネスも男の発言に何か不穏な気配を感じているようだった。

ノール先生は考え込む私たちに声をかけた。

「二人とも、気になるのか？　その祭り、というのが」

「……はい、気になります……王都で何が起きるのでしょうか」

「そうか――――それなら、いっそ王都へ戻るというのはどうだ？　まだそんなに距離は離れていないだろう。それに、どうやらロロをミスラに送るのはダメと言うことだったが、王都だったら問題は少ないだろう？　だったら、帰るのもいいかと思ったんだが」

先生の提案にイネスは戸惑いの表情を浮かべた。

「だがノール殿、それは……」

イネスが何かを言いかけた時、魔族の少年ロロが突然、地面に崩れ落ち、肩を押さえてガタガタと震え出した。

「どうした、寒いのか？　ロロ……顔色が悪いぞ」

ノール先生の問いかけには答えず、ロロは震え続けた。

「……あ、あなたたち、王都から来た人なの……!?」

「ああ、そうだ。一緒に行くのはダメらしいし、一旦、王都に送るというのも一案かと思ったんだが。王都に向かうのは嫌か？」

「……違う……違うんだ……ダメだ、戻ったら……ダメなんだよ」

「どういうことですか？」

「……聞いたんだ、あの人が言ったのを……一番大きな奴が、王都に行くって……そうなればあの街は全て終わりだって……そう話してるのを、聞いたんだ……『黒死竜』とは全く比べ物にならない見世物になるって」

「何のことだ、それは？」

私たち三人は顔を見合わせた。

魔族の少年ロロは震えて蹲《うずくま》ったままだ。

「――――イネス。すぐに王都へ帰りましょう。思ったよりも逼迫した状況のようです。先生、よろしいでしょうか」

「ああ、もちろんだ」

「……待ってください。同意できかねます。私は、レイン様から――――」

「イネス、その先は言わなくても結構ですよ」

私はイネスの言葉を遮った。

「――――知っていますから。もし、王都に何かあれば、私を連れてミスラへ亡命《にげろ》しろ、と。貴女は、お兄様にそう言われていたのでしょう？　だから、王都へは引き返すことはできないと」

「リンネブルグ様……何故、それを……？」

「私も、あの人の妹ですから。お兄様の考えそうなことぐらいはだいたい、推測ができます。言えば、私が逃げるのを躊躇するとでも思ったのでしょう。……正直、ちゃんと話しては欲しかったのですが……。でも、兄は考えなしに指示を出すような人間ではありません。何も言わずに従ったのは……兄がそう言うなら、私もそのほうが良いかもしれないと思ったからです。きっと私に解しきれない意図があるのだろう、と」

「……それでしたら、このままミスラへ参りましょう。それが一番、御身が安全です」

「でも――――今は違うんです。私たちはこの少年とあの男から情報を得ました。王都に危機が迫っていることを今すぐ、戻って伝えるべきです。それに……私だけ逃げおおせて、何になるのでしょう？」

「ですが……！！」

「あなたも、国を失った『魔族』の顛末を知っているでしょう？　今、逃げられたとしても――――きっと、彼らと同じ運命を辿るだけ。逃げるべきではないのだと思います」

私の言葉にイネスは、地面に蹲り、震えている魔族の少年を見つめた。

「……わかりました。王都へ参りましょう。ですが、リンネブルグ様。決して、私の側を離れないようにしてください」

「ありがとう、イネス」

「ロロ、お前はどうする？　もし一緒に行くのが嫌なら、ここで別れた方がいいらしいが」

少年は少し迷った様子だったが、震えながら小さく呟いた。

「……ボクも、行くよ」

今までの様子からすると、私には少し意外な答えだった。

「……何も出来ないかもしれないけど……それをやってるのは、きっとボクの仲間だから」

「……そうか……？　……ま族、というのも、色々と大変なんだな……？」

先生はそれだけ言うと、何かを考えるように押し黙り、先ほど戦闘を繰り広げた場所を振り返った。

そして、先生が砕いた聖銀《ミスリル》の破片が降り積もった黒死竜の残骸を悲しそうに見つめ、静かに首を振り、時折悔しそうな表情を浮かべた。

……きっと先生は今、あの少年の生い立ちを考え、心を痛めているのだろう。

私は最初、ロロの事情などに気がつきすらせず、ただ自身の心配ばかりしていたと言うのに。

「……では、行くか。急ぐのだろう」

「はい」

私たち四人はすぐに馬車に乗り込んだ。


魔族の少年ロロの言うように、王都に行けば恐らく大きな危険が待ち構えているのだろう。

自ら、危機に飛び込む不安はやはりある。

でも――或いは、この人、ノール先生が居れば。

あの黒死竜を、そして伝説とまで言われる【死人】のザドゥを退けた、ノール先生がいれば。

この先どんな困難な状況が待ち受けていようと、打ち破ってくれるかもしれない。

そんな期待をしてしまう自分がいる。

そう、今の私のクレイス王国の王女としての役目は、逃げ出すことではないのだろう。
私はきっとこの人を――この英雄譚からそのまま飛び出してきてしまったような人物を、王都に送り届けなければいけないのだ。

――たとえ、この命に代えてでも。

それが今、私がクレイス王国に対して出来る、唯一のことなのかもしれない。

「イネス、出来るだけ急いでください」

「はい」

そうして私たちは魔族の少年ロロを乗せ、来た道をそのまま逆方向に馬車を走らせて王都へと向かった。

あとがき

鍋敷と申します。

まずは本書をお手に取っていただき、誠にありがとうございます。

本作、『俺は全てを【パリイ】する〜逆勘違いの世界最強は冒険者になりたい〜』は「とにかく自分が書いていて楽しい爽快なお話を書こう」ということで「小説家になろう」上で半ば気紛れに連載を開始した小説ですが、ありがたいことに連載当初から非常に大きな反響がありました。

その中で、本作の書籍化やコミカライズ等についても本当に信じられないほど多くの方にお声をかけていただくことにもなり（私がそういった事態への対応に不慣れな為に、方々に大変ご迷惑をおかけしたのではないかと思っておりますが……）、その際にやり取りをさせていただいた編集者さん達からは大変に温かい言葉をいただき、この『パリイ』という小説のどこが面白いのかを教えていただくことにもなりました。

いただいた様々な御意見に、本作を書き進める上で大変に励まされたという思いがあります。この場をお借りして、篤く御礼申し上げます。

また本書の書籍化にあたっては、本当に幸運なことにカワグチさんという素晴らしいイラストレーターさんに巡り会い、絵を描いていただけることになりました。編集者さんが若干引くぐらいに細かい内容が記載された「キャラ設定シート」から見事に要素を汲み取っていただき、原作者が想像していた『最高』と比べ、およそ三十倍ぐらい最高のキャラデザインを見せていただいた時には、キャララフの表示された液晶画面に向かって手を擦り合わせてひたすらに拝むことしかできませんでした。

もちろんキャラデザインだけでなく、イラストでも『パリイ』の世界観を十二分に引き出していただきまして、感無量です。控えめにいって神様だと思います。本当にありがとうございます。

また、本作の書籍化にあたり作品の礎を一緒に作り上げてくださった大友さん、そして発刊までお付き合いいただいた古里さんにも感謝申し上げます。そして、本作『俺は全てを【パリイ】する』を、「小説家になろう」上で一番早くに見出してくださり、その後も色々と迷って彷徨い続ける私に最後まで熱心にお声がけしてくださった稲垣様には格別の感謝を。

そして誰より、本書を手に取っていただき、楽しんでくださった方。ウェブ版を読んだ上で書籍版も購入してくださった方。また、更新が若干マイペース気味の（というかとっても遅い）本作のウェブ連載をいつも楽しんで読んでくださる方々。本当にありがとうございます。楽しんで読んでくださる読者さんがいらっしゃるおかげで、私はこの物語を書き続けられています。

他にも、営業や広報に奔走してくださった編集部の皆様、本書のデザインを担当してくださった荒木様、CMで主人公ノールの声を当ててくださった浪川大輔様、コミカライズを担当してくださる漫画家のKRSG先生、などなど……とてもここには書き切れませんが、関わってくださった皆様のおかげで本書が世に出ることになります。

もはや『パリイ』が自分だけの作品という気がしないのは、既に本作のキャラクターが多くの人に受け入れてもらっているという感触があるからなのかもしれません。

本書の刊行に際しては本当に信じられないぐらいの多くの幸運に恵まれ、作者の気持ちとしては多少舞い上がっているようなところもあるのですが……冷静になって考えてみれば、まだやっと一巻を生み出せたところ。まだまだこの物語で描きたい場面、出来事、人物、などなど。たくさんあります。（自分で書いておいてなんですが）今後のキャラクター達の変化や成長も楽しみです。

これからも『俺は全てを【パリイ】する』はウェブ版・書籍版共に、頑張って楽しい物語の続きを書いていきたいと思いますので、お気に留めていただければ幸いです。特に書籍版の二巻は一巻より面白くなることをお約束します。

この『パリイ』は一巻より二巻が、二巻より三巻が、三巻よりもその次……と面白くなるような物語だと思っていますので、もし一巻で面白さを感じていただけたなら、もう少しだけおつきあい願えれば幸いです。

令和二年　九月

鍋敷

あとがき

カワグチ

制作開始前ー
キャラ設定表送りましたー
編集さん
ありがとうございます!
どれどれ…
カチ
……
ノールさん意外とゴツいっすね…
はい、意外とゴツいですよね…
まさか…スキルの代わりに体が成長していた…?!!
黒い剣も片手でもってたしな…
重いけど振れなくはない
とっても楽しくキャラデさせていただきました
ありがとうございました!!

待望のコミカライズ
コミックアース・スターで連載開始!!

俺は全てを
【パリイ】
する
～逆勘違いの
世界最強は
冒険者に
なりたい～
原作：鍋敷・カワグチ
漫画：KRSG

EARTH STAR NOVEL

俺は全てを【パリイ】する 1
～逆勘違いの世界最強は冒険者になりたい～

発行 ―――――― 2020年9月15日 初版第1刷発行

著者 ―――――― 鍋敷

イラストレーター ―――― カワグチ

装丁デザイン ―――― 荒木恵里加（BALCOLONY.）

発行者 ―――――― 幕内和博

編集 ―――――― 古里 学

発行所 ―――――― 株式会社 アース・スター エンターテイメント
〒141-0021 東京都品川区上大崎 3-1-1
目黒セントラルスクエア 8F
TEL：03-5795-2871
FAX：03-5795-2872
https://www.es-novel.jp/

印刷・製本 ―――― 中央精版印刷株式会社

ISBN 978-4-8030-1452-5